dear+ novel
pet to koi wa dekimasen

ペットと恋はできません

川琴ゆい華

新書館ディアプラス文庫

ペットと恋はできません

contents

illustration：陵クミコ

ペットと恋はできません
pet to koi wa dekimasen

1

店のドアを開けると、歩道のアスファルトに雨粒《あまつぶ》がぽつぽつと乱玉《らんたま》模様を描きはじめたところだった。

晴れのち曇り、二十時頃の降水確率は六十パーセント。これから深夜にかけて雨足が強まり明日の午前中まで降り続く、という予報だ。

周史《ちかし》は、天気予報って当たるよな、と思いながらビニール傘を手に取った。

「とうとう降ってきたみたいです」

背後の店主にそう声をかけると、彼は「すぐやんでくれたらいいけど。客足が鈍《にぶ》くなるから」と苦笑いする。

「お客様がいらっしゃいますし、お見送りはどうぞお気遣《きづか》いなく。最後に外観の写真を何枚か撮《と》らせていただいて、そのまま失礼しますので」

あいさつを交わしてドアが閉まったところで、周史はガラス窓の向こうの店主に軽く会釈《えしゃく》をした。傘を開いて軒下《のきした》から出ると、透明のビニールに雨粒がぱたぱたと当たる。

――本降りになる前に早く撮って帰ろう。

このリストランテの営業は夕方から深夜にかけて。店の営業時間中に写真を撮るのはだいじなポイントだ。掲載された記事を見たお客さんが来る時間に撮らないと、実際とは違う雰囲気の写真になってしまう。

周史はリュックのサイドポケットからカメラを取りだした。プロ仕様の一眼レフではなく、家電量販店で買ったデジカメだ。周史が所属する地方誌の編集部でも、フリーの編集者としても、フリーペーパー用の撮影をプロカメラマンに依頼する予算はないので、自分ができる範囲でなんでもやっている。

外観をきれいに収めるためにもう少し引きの構図で――と周史はビニール傘を肩で支え、両手でカメラを構えて、一歩二歩と後退しつつシャッターを押した。右肩に引っかけていたリュックが重みでずり落ちる。それを、よいしょと背負い直したときだった。

どんっ、と背中に何かがぶち当たり、周史が「あっ」と声を上げるのと同時に、背後で今度は鈍くて大きな物音がした。

驚いて振り向くと、周史とぶつかった人が鉄板製の工事看板の前に倒れている。

「わっ、あぁっ、すみません！　だいじょうぶですかっ？」

「……ってぇ……」

周史はその人が雨に濡れないように傘をさしかけながら、顔を覗き込んで仰天《ぎょうてん》した。ひたいの髪の生《は》え際からだらりと出血している。目線を上げるとガードレールに固定された看板の一部が裂けて捲《めく》れているので、ぶつかった拍子にそこで切ったのかもしれない。しかし男性はひたいではなく、腕の辺りを押さえている。

「あのっ……血が、ひたいのこの辺りから、血が……」

周史がその場所を指すと、男はようやく手でひたいにふれた。小雨が降っているので、血が垂れているのに気付かなかったようだ。

——この人……お酒のにおいがする。

その十数秒の間にも血がだらだらと流れ、男は指先についた鮮血を見て「……血？」と顔をしかめている。状況をよく理解できていないのは、どうやら酔っているからららしい。

「あ、あのっ、お酒、飲んでいらっしゃいますよね？　僕とぶつかって、その看板で切ったみたいです。ほんとにすみません！　今すぐ近くの病院へ行きましょう！」

「……病院？」

男の反応は鈍い。うっかり「いや、だいじょうぶ」なんてこのまま立ち去られたりしたら、かえってこっちが気がかりだ。幸いにも救急病院が近い。

「止血しないと。他に頭とか腕とか打ったかもしれない。僕の車に乗ってください！」

周史が渡したハンドタオルでひたいの傷口を押さえてもらっている間に、救急病院へ電話し、有無を言わさず自家用車に男とその人の手荷物を押し込んだ。

病院の待合室で一時間あまり、男の治療が終わるのを待つ間も気が気ではなかった。彼が保険証を所持していたのはありがたかったし、医者の話では「髪の生え際の辺りを切った以外はどこにも異常はない。でも今日、明日は様子を見るように」とのことだったが。

「六針縫《ぬ》いました」

「ろ……く……」

治療を終えて診察室から出てきた彼の報告に、周史は言葉を失い蒼白になった。

ひたいの右側の大きな白い絆創膏《ばんそうこう》が目立っていて痛々しく、そこにばかり目が行ってしまう。

「ほ……ほんとに申し訳ございませんっ！　写真を撮ることに気を取られて、うしろをぜんぜん見てなくて」

周史は何度も深々と頭を下げて謝罪した。

「でもまぁ、髪で隠れるし、深い傷じゃなくて、血もとまったし。他はなんともないです。この絆創膏が目立つけど、あした薬をつけるときはもう肌色の小さいのに替えていいって」

そう言って男がうっすら笑顔を見せてくれたことに少しほっとする。彼と出会ったときはだいぶ酔っているように見えたが、六針も縫われるうちに醒《さ》めたのかもしれない。

待合用のベンチに「どうぞおかけください」と誘って、周史は立ったまま財布から名刺を取りだした。

「あ、あの、申し遅れましたが、地元誌の『はなぶさプレス』編集部で編集をしています、芹《せり》野《の》周史です。フリーなので、これ、編集部のじゃなくて僕個人の連絡先ですが……」

「……じゃあ、あれってお仕事で？」

「はい。編集の肩書きですが、フリーペーパーに掲載用の小さな写真なんかだと、自分で撮ることのほうが多くて……」

男は名刺を受け取って「どうも」と軽く会釈すると、口頭で「井堰高哉《いせきたかや》です」と返してきた。

「イセキタカヤさん……あの、今後のこともあるので、ご連絡先をいただけたら……」

周史はわたわたと今度は取材に使っている手帳を広げた。

「あの、落ち着いて、……あなたも座りません？」

隣を示され、周史は「失礼します」とそこに腰を下ろした。

手帳に名前を手書きしてもらう。ペンを持つ節張った手ときれいな文字にどきっとして、周史はようやく彼の顔を意識して見た。二十五年の人生ではじめて人にこんなケガをさせてしまい、出血を見てひどく動転していたのだ。

周史よりいくつか年上に見える。すっと高い鼻梁《びりょう》で一見すると冷たそうな、クールな顔立ちだ。体温まで低そうで、水槽《すいそう》をゆったりと泳ぐ青い魚をイメージする。

——……どうしよう……イケメンの顔に傷をつけてしまった……。

責任を取れと言われるかもしれない。治療費以外の金銭を要求されるかもしれない。

「あ……連絡先、スマホで交換してもらってもいいですか?」

恐ろしい想像で頭がいっぱいになりつつ、周史は彼のその求めに従った。受け取ったデータには、井堰高哉の東京の住所と携帯番号が登録されている。

「……東京の方、ですか? ご旅行中、とか。あ、同伴されてる方や、ご家族に連絡などは……」

「ひとりです。まぁ……旅行……みたいなものかな。適当にぶらぶらしてるかんじで」

返答ははっきりしないが、誰かが心配して帰りを待っているという懸念《けねん》はなさそうだ。

ここ静岡県花房市《はなぶさし》には花房温泉が湧き、全国に名の知れた熱海《あたみ》や伊東ほどではないが、冬のこの時季とくに穴場狙《ねら》いの宿泊客で賑《にぎ》わっている。東京からだと花房の市街地まで車で二時間、もう少し山側の奥まった温泉宿でも三時間ほどの距離だ。

「ご旅行中にこんなケガをさせてしまうなんて……あの、いつ頃までこちらにご滞在の予定ですか? 抜糸《ばっし》のときも、ご迷惑じゃなければつきそいます」

「あぁ……いつまでとかは決めてないけど」

「ご宿泊先はどちらですか?」

「それも決めてない」

高哉があまりにも平然として答えるので、周史はどう反応したらいいのか分からず詰まった。

どこに何泊するか決めていないという彼の手荷物は、小さめのボストンバッグひとつ。

――決めてないって……。この時季の、この時間に？

十一月半《なか》ばだが、週末だ。温泉宿は予約で埋まっているかもしれない。急に泊まれるようなホテルがあるのは花房駅周辺と町外れのラブホテルくらいだ。

周史が沈黙する間、高哉は名刺を眺めている。

――何考えてるのか分からなくて、ちょっと怖い。

救急外来の受付窓口で周史が支払いを済ませ、ひとまず病院を出ることにした。

予報どおり外はどしゃぶりの雨で、しばらくやみそうにない。

「とにかく車に乗ってください。お送りします」

車の中で目的地を決めてもらい、そこまで送るつもりでそう声をかけた。

ドアを閉めると密室にふたりきりになり、とたんに緊張する。周史はエンジンを始動させ、助手席に座る高哉を窺《うかが》った。

さっき「お送りします」と言ったのだから、意味は伝わっているはずだ。

――ど、どうしようっ……黙ってる。今からとんでもない要求されたりする？

周史の視線に気付いた彼が、こちらへ振り向いた。視線が深く絡まってどきっとする。黒い眸《ひとみ》で、睫毛《まつげ》が長く、憂《うれ》いを帯びたような目つきが色っぽい。何か言いたげに薄く開いたくちびるに周史はなぜか釘付《くぎづ》けになり、胸がどきどきと高鳴った。

ふいに、高哉にくすりと笑われたが、意味が分からない。その魅惑的なほほえみは、悪い男にも見えるし、人懐こそうにも見える。

目を逸《そ》らせないままさらに緊張し、周史はひそかに唾《つば》を嚥下《えんげ》した。

「芹野サン、だっけ。そっちは、ひとり？」

「……え？」

それを訊《き》いてどうするんだろう、という漠然とした不可解さを覚えながらも、周史は「ひとり、です」と答えた。

「じゃあ、芹野サンちに泊めてくんない？」

軽い口調でうっすらほほえみながらそう問われ、周史は再び「……え？」と返す。

「泊まるとこないから」

検討《けんとう》もしていないのに、宿泊施設がないと断定されている。いや、出会う前にすでに検討済みだったのかもしれないが。

「……うちに、ですか？」

「先生も『今日、明日は様子を見るように』って言ってたし」

だからってまさかそんな、と周史が口を開きかけたとき、高哉が「……いってぇ」と六針縫うケガを負ったあの大きな絆創膏の辺りを手で押さえた。

時刻は二十一時半を回っている。外は洗車機に入ったかのような大雨。しかも彼は自分の不注意でケガを負わせてしまった旅行者だ。もうだいぶ醒めたかもしれないが飲酒もしている。

「はじめて来た土地で知り合いもいなくて。酔ってるし、自分だけの判断じゃ不安だなって」

たしかに、夜中に何かあったら……という心配はある。

「もちろん宿代は払うよ」

「いえっ、それはべつに……」

もろもろの申し訳なさからつい「泊めてもいい」と解釈《かいしゃく》されそうな返し方をしてしまった。

今からホテルを探してくれませんか、と言いたいが、この状況ではそれも非情な気がする。

医療費領収書を見る限り本名だったし、支払い時に見た書類の住所もスマホで交換したものと一致していた。それですべて信用できるわけでもないが、少なくとも身元を偽《いつわ》ってはいないようだ。

ケガをさせた責任は取ろう——周史は悶々《もんもん》と考えたあと覚悟を決めた。

「……分かりました。ここからちょっと山側で、少し走りますけど……いいですか?」

「ありがとう。助かるよ。芹野サンが女の子だったらそういうわけにもいかないけどさ」

彼の意味深なほほえみに対し、周史はぎこちない愛想笑いでハンドルを握る。

——女の子にだって「今晩泊めてよ」って余裕で言いそうな雰囲気の人だけど。

「……シートベルト、締めていただいてもいいですか?」

高哉は「あー、はいはい」と素直に従ってくれた。

少しいやな予感もある。だが、これ以上揉《も》めごとを起こしたくない、という気持ちが強く、他の選択肢《し》は考えられなかった。

病院から三十分ほど山側に走ったところに、周史がひとりで暮らす古い家がある。

昭和二十年代に建てられた平屋建てで、引き戸の玄関、瓦《かわら》屋根だ。

ここまでの道すがらも、玄関の鍵《かぎ》を開けるこの瞬間にも「僕はいったい何をやってるんだろう」という疑問と後悔がつきまとった。とはいえ一度は受け入れて、こんな町外れまで連れてきてしまったのだ。この雨の中、今さら無責任に追い返すわけにもいかない。

「古い家で、すみません」

玄関から廊下を進み、高哉を居間へ案内する。

「うーわ、広いね。何DK?」

「5DK……になるのかな。雨漏りしなかったらいいんですけど……この雨だから」

キッチンというより台所、そこはかろうじてフローリングだが、他の部屋はみんな畳敷《たたみじ》きの和室になる。古いけれどよほど造りがしっかりしているのか、台風が来ても周辺の木々が護《まも》ってくれるのもあって被害を受けたことはほとんどない。

高哉は大黒柱に手をつき、剝《む》きだしの太い梁《はり》を見上げて「昔話に出てくるみたいだ。いいね」

と楽しそうにしている。都会から来た人にとっては、この古さが物珍しいのかもしれない。

車から玄関までの短い距離でも雨に少し濡れたので、高哉にバスタオルを渡した。

「お風呂は……、今日は入らないほうがいいですよね」

「……だね。それに、居酒屋で飲む前に日帰り温泉に入った。そこが満室で」

今夜泊まる宿がない、という説明にはならないが、根拠《こんきょ》はあったようだ。

喉が渇《かわ》いているだろうと思ってペットボトルのお茶を渡すと、高哉は「ありがとう」とそれをごくごく飲んだ。周史はいそいそとオイルヒーターをつけたり、座布団を出したりする。

「お疲れでしたら、おふとん敷きます。今日午前中に干したやつなんで……」

「あー、まぁ……芹野サンこそ先にお風呂入ってあたたまれば？　雨で冷えただろうし。俺はテレビでも見て待ってようかな」

どっちが家主か分からない口調で勧められ、周史は戸惑った。よく知らない人を家に上げてゆっくり入浴する気分にもなれないが、高哉が言うとおり、雨に濡れて身体が冷えている。

「こたつだ。入ってもいい？」

テレビ前のこたつを指されたので、周史はこたつ布団を捲《めく》って座布団を置いた。

周史がテレビをつけると、彼はそこに座ってペットボトルのお茶を飲み、再び「どうぞ、おかまいなく」と周史に風呂に入るよう促《うなが》してくる。

「じゃあ……あの、そうさせていただくので」

とくに貴重品は置いていない。あるとしたらリュックの中の財布くらいだ。

「あ、貴重品は持ってって。なんも盗《と》る気なんてないけど、気になって落ち着かないだろうし」

懸念していたことを高哉に先に提案されて、周史は少し驚いた。

——……気を遣ってくれてるし、悪い人じゃ……なさそう……？

これで不安が完全に払拭《ふっしょく》されたわけじゃないが、連絡先や保険証が本物かどうかだって、疑い出せばきりがない。

「そうだ。トイレの場所だけ訊いていい？」

その邪気のない質問によって緊張の糸が途切れ、周史は思わず笑みをこぼした。

高哉を連れて「こっちです」と案内しつつ廊下に出たとき。

「うわあああっ！」

叫んだのは高哉で、その声にも驚いたけれど、もっとびっくりしたのは彼が周史の腕にしがみついてきたことだ。周史もひどく狼狽《ろうばい》して「わあっ」と身を竦《すく》めた。

「ちょ、ちょっ……なんですかっ」

「なんかいる！　なんか！　そこっ！」

血相を変えた高哉が指した先の壁で、ちょろちょろっと動いているのは季節外れの二匹のヤモリだ。ヤモリが動くと、高哉はいちいち「わぁっ」と声を上げ身体を跳ねさせる。周史は眉を顰《ひそ》めた。

「ヤモリじゃないですか。手のひらで寝るし、かわいいですよ。背中を押すと『きゅうっ』って鳴くところなんか……」

「なっ……む、むりだよ！　苦手なんだよ！　あの色、模様、動き！　気持ち悪いっ」

くっつきそうなくらい間近で高哉と目が合って、周史は慌てて顔を逸《そ》らした。ぶわっと音がしそうなほど、頬や耳や首筋に、身体中の血液がいっきに集まってきて熱く滾《たぎ》る。

「い、いなくなりましたよ、ヤモリ」

逃げ腰の周史に、高哉は「まだその辺にいるって」と離れない。

やがて、周史にきつく絡まっていた高哉の腕の力が少しゆるんだ。そのとき彼がつけているものなのか薄い芳香が鼻先を掠《かす》め、周史は心臓が窄《すぼ》まる心地がした。

高哉に「芹野サン？」と呼ばれ、はっとする。

「……え、そっちこそだいじょうぶ？　いちごみたいに真っ赤だよ」

「だっ、だいじょうぶ、です」

巻きついて離れない高哉の腕から、一刻も早く逃れたい。

「何、どうした、チカちゃん」

いきなり『チカちゃん』なんてあだ名を勝手につけられたことにも驚きだが、彼の腕に気を取られてそれどころじゃない。

「は、放して、くださ……」

声がうまく出せない。緊張と驚きと、搦《から》め捕《と》られそうな恐怖も感じる。

身を捩《よじ》って逃げようとする周史を見て、高哉が喉の奥で笑った。

「なんだよ。男同士なのに、女の子みたいな反応するんだな」

その瞬間、周史は高哉の身体を思いきり押し退《の》けて叫んだ。

「あなたみたいになれなれしい人にはじめて会って、驚いてるだけ、引いてるだけです！」

無遠慮に言い放ったあと「ト、トイレはあっちです！」と乱暴に廊下の奥を指して、彼の反応を待たずに脱衣所に飛び込んだ。即座に鍵をかける。

ようやくひとりになり、自分が肩で息をしていることに気がついた。くっつかれて真っ赤になったり、こんな反応をすれば「女の子みたい」と揶揄《やゆ》されても仕方ない。

——そっちこそヤモリくらいで悲鳴上げたくせにっ！

悔しいことに、本人に言い返してやりたい言葉はこんなふうにあとから湧いてくる。

まだ鼓動が速い。気持ちを落ち着けようと深呼吸し、洗面台の鏡を見て周史は奥歯を噛んだ。

高哉に指摘されたとおり、頬や首筋が上気している。

滑稽《こっけい》にすら思える自分から目を逸らし、周史は高哉にふれられたところをさすった。

普段、他人と密着することなんてないから、しがみつかれてびっくりした。

——……でも……好きなにおい、だった。

いきなり身体の芯を失って、崩れてしまいそうな。

――……バレないようにしないと……。

女の子みたいな反応、と初対面の人に嗤《わら》われるようじゃいけない。

自分が女の子みたいに『男に抱かれたい男』だというのは、一生の秘密でなければならないのだ。

周史《ちかし》は風呂から居間へ戻ると「僕は少し仕事をしますが」と宣言し、高哉《たかや》のためにふとんを敷いた。ふとんを二組分並べるため、こたつを隣の部屋へ移動させる。

自分の不注意でケガをさせたのだから最後まで面倒を見なければならない、という責任感から、周史も今晩は彼と同じ居間で寝ることにしたのだ。

「夜中でも、もし具合が悪くなったりしたら遠慮なく起こしてください」

信じられないくらいずうずうしいし、元気そうに見えるけれど。

さっさと電気を消そうとすると、高哉に「チカちゃん」と呼ばれて、周史はつい「何その呼び方」という気持ちが思いきり顔に出てしまった。

「チカちゃん、仕事するんでしょ？　部屋の電気、つけてていいよ」

周史が困惑していることに気付かないはずはないが、それを気にするどころか「チカちゃん」呼びを続行される。

「……デスク用のライトをつけるので」

とにかくとっとと寝てほしい。まだ二十三時だけど。周史は容赦《ようしゃ》なく部屋の電気を消した。

家主には従うことにしたのか、高哉はおとなしくふとんに入った。周史は高哉に背中を向け、自分のふとんの足もとのほうに置いたローデスクで仕事を始める。

「チカちゃんはフリーの編集者なんだよね？　地元誌を発行してる編集部で働いてんの？」

周史はちらりと高哉を一瞥《いちべつ》し、またすぐにパソコンのほうに顔を戻した。

「はい。いちおう席がありますけど……そっちに出勤するのは会議が入ってるときくらいで」

「ネット環境があればできるとこはいいよね。今日はあそこでフリーペーパー用の写真撮ってたんだよね？　ちゃんと撮れてた？」

「撮れてました。今からそのリストランテの紹介文を書かないと……」

暗に「文章を書くからもう黙ってほしい」との気持ちを込める。

それから一分も経《た》たないうちに背後でごそごそと物音がするので振り向くと、高哉が近付いてきてぎょっとする。

「ちょっとだけ見てもいい？」

高哉は手書きのレイアウト用紙を指した。レイアウトは『ここに見出し』『ここはテキスト』『メインの写真』など、誌面を作るのに必要な情報をデザイナーに伝えるための指示書だ。

「それはラフで、まだ何も……」

「うん。興味あるだけ。あ、これがあのとき撮ってた写真？」

ディスプレイにはリストランテの内部や料理などの写真が何枚か並び、ふたりがぶつかる直前に撮った店の外観の写真もある。

「この外観の写真、ちょっと赤が強く出過ぎてる。赤は抑えめで、青を強く出して、露光量《ろこうりょう》ちょい落として。あとは明瞭度《めいりょうど》と彩度《さいど》を上げて、コントラスト調整すればメリハリが……」

周史は驚いて振り向いた。淀《よど》みない指摘の内容から、高哉が写真に詳《くわ》しいことは明らかだ。

「……カメラ、やってるんですか?」

「いや、やってないけど、少し知ってるってだけで。あと、ちょっと写真が斜《なな》めってる」

周史は画像を覗き込んで、「え?」と首を傾《かし》げる。

「垂直のラインで見ると分かるかも。ほんの少し……1か2ピクセルくらいズレてる」

高哉がパソコンを魔法みたいな速さで操作し、水平・垂直を確認するための格子状のグリッド線を画像にのせて、ラインのズレを可視化してくれた。そこまでしてもらってようやく理解する。その微妙なズレをさくっと直されて、周史は「ほんとだ」と感心したように高哉のほうを振り向いた。

「ね、いい写真になった」

「……DTP系……WEB系のデザイナーさん、とか?」

職業当てクイズみたいになっているが、高哉からは「ブブー」という不正解のビープ音のあと、「ただの趣味」という答えが返ってきた。あいかわらず彼の職業は不詳だが、写真はずいぶん見栄えのするものになっている。

「夜景写真って難しいんですよね。レタッチも自動補正でやると、なんかわざとらしくなったりして。おしえていただいてよかった。ありがとうございます」

人の目を惹《ひ》く写真なんて自分ではどうしたらいいのか分からなかったが、存在感のある写真一枚でぐっといい記事になる。それがうれしい。

「チカちゃんは、その仕事楽しんでる？」

高哉の唐突な問いに周史はまばたきして、戸惑いながら「まぁ、そうですね」とうなずいた。

「ひとりだけど、孤独じゃないかんじ……そういうバランスがちょうど良くて。僕は基本的にひとりが好きなんですけど、だからって、ぼっちでいたいわけじゃないから……。誰かに必要とされて生きていたい……存在してる意味を感じたいなって」

人に訊かれたことのない問いだったから、まっすぐに答えてしまったあと少し気恥ずかしくなる。でもそれに対して、高哉は柔らかな表情で「あぁ……分かるよ」と返してくれた。

「誰かのために、何かしたいよね。人はみんなひとりだけど、つながっていたい」

「……みんな？　ひとり？」

「孤独って意味じゃなくて、チカちゃんが言ってるのは『個体』ってことだよね。こんなふうに理解しあって、共感、共鳴してつながる。そういうのを感じたいってことでしょ？」

今まさに、そうやってつながった感覚があって、周史はうれしい気持ちで「そうです」とうなずいた。

「……じゃあ、お仕事の邪魔しないように俺は寝るわ。おやすみ」

周史も振り向いて「おやすみなさい」と返し、パソコンの画面のほうに身体を戻した。

外の雨は降り続いているが、帰宅したときよりずいぶん落ち着いたようで、やさしい雨音が耳に心地いい。

衣擦《きぬず》れ、吐息、畳の軋《きし》み。いつもはひとりで過ごす部屋に、自分以外の誰かがいる。

いくらか経って、周史はもう一度、高哉のほうへそっと目を向けた。

彼は上掛けにすっぽり耳の辺りまで埋まるように潜《もぐ》って、目を閉じている。

怪しくて、軽薄そうに見えたのに、今はなんだか子どものようだ。

——あなたは旅行者だと言ったけど、どうしてこの町に、たったひとりで、何をするために来たんですか？

今日だけの刹那的《せつなてき》な関係なのだから知る必要はないけれど、ひとかけらくらいは、彼の真実を知りたい気持ちだった。


翌朝、周史が目覚めると、高哉の姿がなかった。

同じ部屋に敷いた寝具が、今はきれいに畳《たた》まれ、重ねられている。部屋をぐるりと見回してみて、彼のボストンバッグがないことに気付いた。

もしかしてぜんぶ夢だったのかと思ったが、たしかに人がいた形跡はある。

周史は起き上がり、玄関へ向かった。三和土《たたき》を見ると、彼が履《は》いていた靴もない。

「……帰った……？」

玄関の向こうが明るく、雨音は聞こえない。昨晩のひどい雨は上がり、今は陽が射しているようだ。その様子を周史は茫然と眺めた。

なぜか、頭が真っ白だ。ぽつんと置き去りにされたような気持ちになっている。

ふらふらと上がり框《がまち》に腰掛け、周史は膝を抱えて顔を伏せた。

この家に、はじめて人を泊めた。

ご近所のおじいさん、おばあさん、その息子夫婦、そして周史が東京からここに引っ越してきてからできた友だちでさえ、中に入ってもらうことなく玄関か縁側で対応している。

周史の中にも、家にも、明確な境界線があって、そこを踏み越えて他人にこちらへ入り込まれることを想像すると苦痛と不安と恐怖を覚える。

それなのに、昨晩は仕方ない事情があったとはいえ、よく知らない男と同じ部屋で眠った。

他人とひとつ屋根の下で過ごすというのは周史にとって号外級のイレギュラーだ。

いきなり「泊めて」なんてずうずうしくて、「チカちゃん」呼びを最初につっこまなかったために、風呂のあと居間に戻ったあともその呼び方が固定になっていた。ああいうのも、本来なら苦手だ。

——びっくりしたけど、でもいやじゃなかった……。なんでだろ……。

怪しさいっぱいだったのに、いい男だったから泊めたのだろうか。許したのだろうか。

自分で自分が分からない。

こういうのを『魔が差した』というなら、まだそんな隙があったのかと驚く。

「……かっこよかったから、かな……やっぱり」

明確に井堰《いせき》高哉の人となりを知らないから、そういうことにする。

あとはたぶん、彼がつけていた香り、密着した腕のたくましさと、熱さと、力強さ。あの瞬間、そういうものすべてに嵌《は》まって、惹かれたのだ。

あのまま抱きしめられていたら、そして首筋を嬲《なぶ》られていたら——……そんな妄想をしているうちに、周史は身体の芯がじんと熱くなるのを感じて、やがてふらりと立ち上がった。

玄関を離れ、居間に戻る。今はそこに畳まれている、高哉が寝ていたふとんを周史は静かに見下ろした。手でふれ、それにもたれかかるようにして畳に座る。

周史はふとんに顔を寄せた。そこにぽふんと頭をのせると、薄く、高哉のにおいが香ったような気がして——……奥歯を噛んでも、胸の奥から熱っぽい呼気が上がってくる。

「……ん……」

周史はジョガーパンツの中に右手を突っ込んだ。

――したい。

身体が突然発火したみたいだ。だからそれを放熱するために自慰《じい》に耽《ふけ》る。

恋はしたことがない。誰かと恋愛する日なんて来るのか。どうせ恋人なんてできないし、いっそセックスだけなら相手は誰でもいい、と思うこともある。

でも知らない人となんて怖いから、実際にはそういう遊びはできない。それに、この町の人に、他の誰かに、ゲイだとバレたら困る。困るのは自分だけじゃない。両親に迷惑をかける。それだけはぜったいにできない。大都会みたいに人目が多いからといって完全に紛《まぎ》れるわけでもないし、人目が少なければバレないだろうと安心できるわけでもない。

――どうせずうずうしいなら、つけいってくれたらよかったんだ。

彼の性的指向がどうなのかも知らないのに、自分に都合のいいように考える。

鈴口《すずぐち》から溢れた蜜でふいに指がぬるんとすべり、敏感な雁首《かりくび》と先端の粘膜を強くこすった。

「……んっ……」

瞬間の気持ちよさで声が出そうになって、ふとんに口を押しつける。

そうやっていくら声を我慢しても、夢中で動かす手淫《しゅいん》の音が激しく響いているから、どれほどの意味があるのかと思う。

手を動かすのに下衣が邪魔になり、周史は下着ごと膝までさげた。

再び目を閉じて、高哉にいやらしくさわられる自分を妄想する。乳首を吸われながら扱《しご》かれるのやら、背後から覆《おお》い被《かぶ》さられてちょっといじわるにされるのを。

「あ……っ……」

うしろが疼《うず》き、周史はぶるっと震えて身を縮めた。こうなると、もう前だけじゃたりない。すぐ傍の戸棚からボトルを手に取る。通販で買った、陰部の粘膜にも使えるオイルだ。それを後孔《こうこう》にぬりつけ、手に残ったものを伸ばして指の根元まで濡らす。

「――……ん……、んっ……」

いきなり指を二本束《たば》ねて挿入し、空虚な後孔を埋めた。なじむまで待って、ゆっくりと指を出し挿《い》れし、徐々にそのスピードを上げる。やがて中がきゅうんとする感覚がきて、周史は胸を大きく上下させつつ喘《あえ》いだ。

ぐちゅぐちゅと響く恥ずかしい音にも煽《あお》られ、卑猥《ひわい》な自慰行為に没頭する。

「はぁっ……っ……ふ……」

寄りかかっていたふとんがずるずると崩れて、周史はそれに身を任せながら自慰を続けた。片脚にひっかかった下衣を取り去るより、今度は前から手を回し、もう一度挿入する。脚を抱え、指を中で曲げると、いちばん感じる胡桃状《くるみじょう》の器官を絶妙な強さで弄《いじ》ることができる。もう何度もしているから、探らなくても覚えている場所。そこを揉《も》んだりくすぐったりしていくうちに、頭が快感でいっぱいになり、脳が痺《しび》れてくる。

「はぁっ、あ……」

気持ちいい。とても。

頬をふとんに押しつけて、高哉のにおいを探す。彼のペニスを突っ込まれて掻き回されるのを想像しながらピストンするといっそう興奮して、ますますよくなってくる。

――あぁ、たりない。もっと。もっと。もっと。

もう片方の手で前を手淫すれば、ふたつの異なる快感が合わさってたまらない気持ちよさだ。これを覚えてしまったら、ペニスの刺激だけでは満足できなくなる。

「……もっと……して、……」

指では届かないところまでぜんぶ、埋めて、こすって、気持ちよくしてほしい。

だけど指じゃそこまで届かないから、音がするほど胡桃を捏《こ》ねて、こすり上げて、射精した。

「ふぅっ……ぁ……んんっ……」

吐精するたび後孔が呼応してきゅうきゅうと収斂《しゅうれん》するのが、指を伝って分かる。内腿《うちもも》がびくびくと跳ねるほど、いつもより強くて濃い絶頂感に陶然とした。

目を閉じ、もう少しこのままでいたい、とうっとりしていたとき。

かたん、と物音がして、周史は背筋を凍らせた。

かっと目を見開き、身体を起こした先にいたのは、唖然《あぜん》として立つ高哉だった。

最悪だ。こんな最悪なことがこの世にあるんだろうか。

周史は膝を抱えて座り込み、そこにうずめたままの顔を上げられない。丸出しだった下肢《かし》を毛布で覆い隠しただけの状態だ。そんな周史の前に、高哉が座るのが分かった。

「えー……と……ごめん。そんな、お取り込み中だとは思わず」

——なんでこの人まだいるんだよ。なんで黙って見てたんだよ。帰ったんじゃないのかよ！

言いたいことは山ほど出てくる。

「チカちゃん、チカちゃん、……チカちゃーん？」

このまま消えてしまいたい。なのに高哉はすぐ傍で、勝手につけたあだ名を連呼する。

「男なんだし、ひとりえっちくらい誰だってするって。まぁ……普通はケツまで弄らないと思うけどさぁ……」

周史は思わず歪んだ顔を上げて、高哉の二の腕辺りをグーパンチした。高哉は悪びれず楽しげに「痛いよ」と笑っている。冗談が彼なりの気遣いだとしても、こっちは笑えない。

周史は今にも泣き出しそうになるのをぐっとこらえて、再び膝に顔をうずめた。その頭を高哉がよしよしとなでてくる。むかむかするし、恥ずかしいし、叫んでここから走り去りたいくらいだけど、不覚にもそのやさしい手のひらにはきゅんとした。

「俺が帰ったと思った？」

帰ったと勘違いしてさみしくなったなんて、口が裂けても言うもんか、と思う。

「俺のボストンバッグ、隣の部屋に置いたままなのに。見てない？」

ふとんを敷くときに荷物を移動させたのを忘れていたのだ。だけど今さらそんな答え合わせみたいな質問をされても自分の間抜けっぷりが露呈するだけで、なんのフォローにもならない。

「目が覚めちゃったから、その辺を散歩してたんだ」

まぎらわしい。人んちに世話になっておいてのんきに散歩なんてしなくても、と八つ当たりみたいな文句を言いたくなる。

「チカちゃん、もう顔上げて。俺だってオナニーくらいするって。アナニーはしないけど」

「――だからぁっ！」

我慢ならずに涙目の顔を上げると、高哉におだやかな相貌《そうぼう》で見守られていて、周史はそのまま言葉に詰まった。しかし、いつまでもいじいじしているわけにもいかない。周史はため息をついて、三角の体育座りで小さくなった。

「とんでもないもの……気持ち悪いとこ見せて、すみません」

もぞもぞと謝ると、高哉は「いや」と笑みを浮かべている。その笑顔は、周史をばかにしたりするような、そういうものじゃない。

「あのさ……もう直球で訊いちゃうけど、チカちゃんってさ、ゲイなの？」

なんてデリカシーも遠慮もない人なんだ、とちょっと呆れて、しまいに周史は顰笑《ひんしょう》した。

「ふ……普通、そういうこと、そんな、訊きます？」

「えー、だって……チカちゃんがアナニーしながら『もっとして』って言うの、聞こえちゃったから。そうしてほしい立場で、そういう相手がいるとか、だからそういうことかなって」

最低最悪だ。周史は半笑いのまま、大きなため息をついた。

「井堰さん……女性にもその調子だとモテないどころか、きらわれますよ」

「女性にはさすがに訊かないけど……でも、まぁ、気を遣えないタイプだしモテないね」

「でしょうね」

周史の辛辣《しんらつ》な返しに高哉は「あははっ」と笑う。

しかしまさか「あなたとのセックスを妄想してひとりえっちしてました」とは言えない。

――なんでこんなことになったんだろ。ただ普通に、静かに、生きたいだけなのに。

自分の中でいつも張り詰めている糸のようなものが、ぷつんと、切れた。

どうせここを出て行ったあとは二度と会うことのない人だ。誰にも明かしたことがない秘密の、決定的なところを目撃されてしまい、うまいごまかしなんてもうひと言も出てきやしない。

「そう……そうです。僕は、ひとりさみしい、ゲイです」

生まれてはじめて明確な言葉にして、心を縛《しば》っていた箍《たが》がはらりと外れる。

自分のセクシュアリティをちゃんと認めるのにも時間がかかったし、親にも友だちにも言えなくて、人の目と知り合いが多い東京から逃げた。

花房《はなぶさ》の町の人は誰も、周史が本当は何者なのかを知らない。

周史の両親は有名俳優と女優だ。自身も五歳当時に実名を出さずにCM出演し、注目されたことがある。

芸能人である両親は世間体を思慮《しりょ》し、周史に対しても幼い頃から「それはよくない」「望ましくない」とふたりの子どもであることのリスクヘッジを厳しく説《と》いた。だから自分がゲイだと自覚したあと、このことは一生秘密にしなければ両親に取り返しのつかないほどの迷惑をかけてしまう、と強く思ったのだ。

親元でいくら素性《すじょう》を明かさず生活していても、どこからか情報が漏れるかもしれない。どこにいたって恋愛は難しい。だったらせめて自分のことを誰も知らない町でひっそり生きたい——そう考えて東京の大学を卒業してすぐ、周史はひとり、花房で暮らし始めた。地方住まいのほうがバレたときたいへんだ、と言う人もいるだろうが、周史にとっては東京のほうがはるかにハイリスクで、息が詰まるくらい窮屈《きゅうくつ》だったからだ。

ここはもともと父方の遠縁の親戚《しんせき》が住んでいた家だが、周囲には素性《すじょう》を伏せ、たんなる知り合いということにしている。

「彼氏とか、つくらないの？　あ……いや、だって、チカちゃんモテそうだから」

その気になれば恋人なんて簡単にできる——恋愛慣れしたヘテロの人が言いそうなことだ。

周史は呆れたように笑った。

「恋愛をしたことがないです。どうやって出会って、どうやって恋愛するんだろ、誰とするんだろってかんじ。行きずりのほうがまだ想像できる」

今説明したことのほかに恋愛できないと考える大きな理由があるけれど、そんな秘密まで彼に話すわけにいかない。

「行きずりのほうがっ？」

「ただの譬《たと》えです。実際には何も行動できずに、こんなひとり遊びしてるんだから」

最後は自虐的《じぎゃくてき》に言うと、高哉は今度こそ笑わなかった。

「えー……じゃあ、つまりチカちゃんは、妄想ひとりえっちしか、したことない……？」

彼は笑ったりしなかったが、他人の事情に土足で立ち入るような質問をしてくる無遠慮さはあいかわらずだ。周史は膝を抱えたまま半眼になり、半ばやけくそで「そうですよ」とため息をついた。

性体験や恋愛経験もないことまで暴露《ばくろ》したら、もう何も隠すことがなくなった気がした。

「今まで誰にも話せなくて、でもなんか……吐き出したら、気持ちが少しラクになりました」

ひとりで静かに生きることを決めてここにいるつもりだったけれど、自分で思っている以上に、本心はさみしかったのかもしれない。

「毎日できるだけ平穏に……そんなふうに過ごして、一日ずつ歳を取るのかな。思いきって若いうちに、一回くらい……すごいことしてみたかったけど」

無茶な冒険をするような度胸もないし、リスクばかり考えて行動に移せないから、恋愛はあきらめた。

「男の人とするのって、どんなかんじなんだろ……」

知っているのは自慰で得る快感だけ。男性同士の性的な動画や画像、普通の恋愛ドラマや映画を観ても、すべて絵空事のように感じて、周史はそこに立ち尽くす。

こんなことまで吐露するなんて、きのう高哉と出会ってからはおかしなことばかり。身体を覆っていた薄皮がぺりぺりと剝がれて、むきだしで、自分が自分じゃないみたいだ。

「……俺と、してみる？」

高哉に問われ、周史は顔を上げて茫然と「……何を？」と訊き返した。本当に何を言われているのか、分からなかったのだ。

子どもみたいな問い返しだったからか、高哉は少し笑って、周史のほうへ距離を詰める。

「だから、俺とえっちしてみる？　いいよ、俺は」

思ってもみない提案に、周史は唖然とした。戸惑いが大きく、表情がうまくつくれない。

「……井堰さん、ゲイじゃないですよね」

「うーん……ゲイかどうか考えたこともないくらいのヘテロだけど。イける気がする」

あまりに軽くて、でたらめな口ぶりだ。周史は顔をしかめた。

「そういう冗談は、さすがに気分よくないです」

「冗談なんかじゃないよ。ほんとにチカちゃんをからかうつもりはなくて。俺だって男としたことないから『してみる』としか言いようがない。さっきのチカちゃんを見て、俺がイかせたいっていうか……したい気持ちと欲でいっぱいなんだけど。それじゃだめかな」

飾り気のまったくない高哉の誘い文句に、ごくっと緊張を嚥下する。男から欲望を向けられる状況にはじめて直面し、ぴりっとした緊張が走った。

怖い。怖いのは「あーやっぱ無理だわ」と途中で放り投げられることだ。

「い、いつもそういうふうに、『こういうのはじめてなんだ』ってうまいことごまかして、適当に口説いて、女の子に言い寄るんだ？」

喋《しゃべ》ったら最悪だけど、黙っていれば色気のある男だ。こんな人、モテるに決まっている。普段から遊び慣れていて、きっと「ちょっと男も試してみたい」くらいのつまみ食い感覚だ。

「……そう思ってるならなおさら、一度きりの相手にちょうどいいんじゃない？」

高哉の煽《あお》り文句は、周史にとってひどく魅力的だった。

「……一度、きり……」

今すぐ俺と恋愛してほしいと言われたら、ぜったい無理としか言えないが。

「チカちゃん」

膝を抱えていた周史の手に、高哉がふれた。その指が冷たくて、肩がびくっと跳ねる。

「外にいたから冷えたんだ。俺もふとんに入りたいな。これ、もともと俺が寝てたやつだし」

そんな軽口に、周史はつい頬をゆるめた。

下肢を隠していた毛布の中に高哉が入ってきて、周史にぴったりとくっついて並ぶ。

「んー、マッサージオイル？　これ？　使うの？」

畳に転がっていたボトルを手にした高哉は「ソレ専用のじゃないね」と裏の説明書きを読んでいる。周史は見ていられずに「そういうの買えないし」と俯《うつむ》いた。

「通販で買えばいいだろ」

「分かってるけど……なんとなく。宅配便のドライバーが友だちだから。『中身が分からないようにして配送する』っていうけど、そうしなきゃいけない商品だってバレるんじゃないかと……そういうの考える自分がすごく面倒くさい」

高哉は「なるほどね」とほほえんで、周史の髪をなでた。

「そういうのを面倒だって自分で言うくらいだから、チカちゃんはほんの少し思いきって、ぽんって踏み出せば、今よりずっと世界が広がるよ」

「……ほんの少し……？」

うなずく高哉のやさしくて甘いほほえみに、心まですうっと吸い寄せられそうになる。

それを察したように「チカちゃんから、キスしてみて」と高哉にお願いされた。

「……でも、僕はキスさえしたことなくて……」

「そうなんだ。だったら、すごいことといっぱいしてみようよ」

高哉が顔を寄せてくるだけで、ひっ、と緊張する。固まっていると、周史の鼻から頰を、高哉が鼻先で軽くこすった。あともう少しでくっつくくらいのところで待っている彼に、おそるおそるくちびるを寄せる。

口と口が軽く重なって離れると、「ん」と次を催促《さいそく》された。再びくっつける。幼子みたいなキスだ。

最初こそひどく緊張したけれど、一度してしまえば、あとは何回目なのかすぐに分からなくなった。心臓がずっとばくばくしっぱなし。興奮で息苦しく、目眩《めまい》がする。

揺れる身体を高哉に包まれ、崩れたままだったふとんに押し倒された。すぐ横向きに抱かれて、よしよしとあやすように背中をなでられる。覆い被さられるより幾分《いくぶん》か緊張がほぐれ、高哉の腕の中で肩の力が抜けた。そのわずかな隙を突いて、高哉の舌がぞろりと入り込んでくる。

「んっ……」

そういうキスをするものだと頭では分かっていても、はじめての感覚に身体がいちいち驚くのを、高哉に宥《なだ》められながら拓《ひら》かれていく。くちづけられ、腰を抱き寄せられて、すでに猛《たけ》っている周史のものが高哉の太ももにずるっとこすれた。あわてて引こうとするも逃がしてくれず、そこに強く押しつけられる。周史は快感と恥ずかしさに顔を歪めた。

逃げ腰なのもお構いなしに、熱く膨《ふく》らんだペニスを高哉に摑まれる。

「……気持ち……悪くないんですか……」

「今のその顔、そそるなぁ、って思ってたとこ」

「……変だから、見ないでくだ……」

手淫され、彼のほうは無反応かもしれないという怖さを押し込めて、周史もとうとう高哉のものに手を伸ばした。

周史の想像と違い、どきどきと胸が高鳴るほど、高哉のそこも硬くなっている。

「ね、できそうだよね」

その無邪気な問いに、周史は思わず顔をほころばせた。間近で高哉に熱っぽく見つめられ、なんだかてれくさい。

「……もう挿《い》れてほしい？」

露骨に訊かれて、胸のざわめきがどんどん大きくなる。

「ほんとに、挿れてくれるんですか？」

これには、高哉は虚を衝《つ》かれたような顔になる。

「……もう何ぃ、その質問。かわいいな。しようよ」

「じゃあ……あの……、その前に井堰さんのを……口で……。口でする分には、男も女も変わらないでしょうし」

そういうAV動画では、当たり前みたいにしてるから。男ならされないよりはされたほうがうれしいだろうし、少しでも彼を気持ちよくしたいとも思う。行きずりで男相手にこんなことをさせるのは申し訳ないなとか、途中で萎《な》えられたらショックだなとか、いろいろ考える。

すると高哉は、よしよしと周史の頭をなでた。

「俺は今、チカちゃんとこうしてるの楽しんでるよ。女の代わりにしようなんて思ってない」

周史はぱちぱちと瞬《しばた》いた。出会ったばかりの自分みたいな『してほしい男』を、女の子の代用にしない――愛されているはずはないから、それがどういうことなのか分からない。

周史が何も返せないでいると、ころんと転がされ、脚を深く折り曲げられる。

恥ずかしい格好に戸惑ううち、高哉に「脚抱えてて」とお願いされた。せめて彼の手を煩《わずら》わせないようにしようと、言われたとおりにする。

後孔にあのオイルを垂らされた。はふ、と息を呑み、目を瞑《つぶ》る。

「挿れるね」

高哉の軽い口調に、今から本当にセックスするのかな、と信じられない気持ちでいっぱいだ。ふちに高哉のものがふれるときゅっと後孔が窄まり、腰が逃げる。自慰をしていたからすでに拡がっているし、したいと思っているのは本心なのに。

指とは違う圧に負けて何度されてもうまくいかなくて焦る。

「チカちゃーん、緊張してるね。『あー』って声出して。できるだけ長くね」

「……あー……?」

もう一度「息をはくように、ながーく、やめないで」と教えられ、それに倣《なら》った。震える声で懸命に「あー」とはくと、全身がひとりでにゆるむ。ゆるんだとたん高哉のペニスの先がずぷんと沈む感覚があって、「声出すのやめないで続けて」と促《うなが》された。

自分の身の内に、肉のかたまりが入ってくる。

「あ……あー……あぁっ……」

──これ、妄想じゃなくて、ホンモノの……。

「ほら、もう、呑み込むみたいに入ってくの、分かる?」

どんどん深くなる。高哉のペニスが、指しか知らなかった狭《せま》いところをじわじわと突き進む。

周史は声を上げながら胸を大きく上下させた。怖いのと、戸惑いの中で、興奮もしている。

「チカちゃん、じょうず……んぅっ、締まる……気持ちいい」

うわずった声で、気持ちいい、と褒《ほ》められ、周史はそっとまぶたを開けた。

涙で潤《うる》んだ世界に、快楽にとろけて甘くほほえむ高哉を見つけた。高鳴る胸に、ぶわっと、たまらなく切ない想いが広がる。どうしようもなくときめいて、周史はくちびるを震わせた。

「い、井堰さっ……」

「たまんない。動くね」

待って、と言う間もなく、深くしたまま高哉が奥のほうをゆったりと揺さぶってくる。

「──あっ……あぁ……」

よく見る動画みたいに、もっと激しく抜き挿《さ》しされるものだと思っていた。あんなふうにされたら痛そうだと怖かったけれど、高哉は周史を包み込むように抱いて、乱暴にしてこない。

——ただ……揺らされるの、気持ちいい……。

まだ淡く薄い快感を一枚ずつ重ねられていくようだ。

短いストロークで、硬い尖端で抉《えぐ》られるところ、こすれるところ——周史自身が知らない濃い快楽がそこから湧いてきそうで、意識を集めるけれどうまくいかない。

セックスというより、いとしいものをかわいがるような。何かやさしい行為をされているみたいで、きゅんとして、周史はゆるゆると突かれながら不思議な心地で高哉を見上げた。

「……っん……これ……めちゃめちゃ気持ちいい……とけそう」

「き……もちいい？」

「うん。チカちゃんは、どこが好き？　指でいつもどの辺弄ってんの？」

「どの辺、って……」

言葉で説明できずに戸惑っていると、「一回抜く」と告げて高哉が出て行ってしまった。

すごく残念な気分だ。そのまま挿れていてほしかった。

「いつもチカちゃんが自分でしてるみたいに、指を挿れてやってみて」

どうするつもりなのか分からないけれど、言われたことに従う。周史が自分の指を後孔に沈めると、悪い顔をした高哉が自身の指をその隙間からねじ込み、一緒に押し挿れてきた。

「俺の指におしえて」

ずいぶん恥ずかしいことをさせられている。後孔に自分の指と高哉の指があって、中の胡桃を一緒に弄る。

そこで快感を得る顔もじっくり見られて、恥ずかしくて、ひどく興奮した。

ぬるぬるになった指で高哉の腕に縋《すが》ると、彼のペニスがもう一度、周史の中に戻ってきた。

「あぁ……あっ……、井堰さっ……」

ゆっくり押し込まれ、まぶたの裏がちかちかする。ところが欲しかったものをやっと与えてもらったばかりなのに、再び高哉が出て行った。焦って「なんで?」と問う目で見上げたら、高哉が楽しそうに笑いながら、今度は内襞《うちひだ》を舐《な》めるように挿入してくる。

「――っ……、あぁっ……」

「挿れられる瞬間の、チカちゃんのとろ顔、好きだな。すごく気持ちよさそう」

高哉が言うとおり、よくてたまらない。何度も出し挿れされ、たっぷり煽られてから、指でおしえたばかりの胡桃を彼の硬茎でひたすら捏《こ》ねられる。

高哉が周史の頭を腕で囲むように覆い、くちびるで頬や首筋を愛撫してくるのを愛情表現のように感じてしまう。深く密着したまま揺らされ、かわいがってもらって、胸がきゅんとなるのをとめられない。

「あ……あぁ、も、ぬ、抜かないでっ……」

「イイとこ、こすれてる? 気持ちいい? 自分の指でするより?」

「あぁっ、んっ……んっ……」

懸命にうなずくと、腰を摑んで軽く抱え上げられ、ぐちゃぐちゃと音がするほど強くやさしく搔《か》き回《まわ》された。

「チカちゃんはこういうこと、したかったんだよね」

「し、した、かったっ……」

「他には、何してほしい？　すごいことしたいんでしょ？　いつもどんな妄想してるの？」

さっきは高哉に抱かれる自分を想像しながら自慰をしたけれど、言わなければバレない。

「……ち……くび……を……」

弄って、舐めて、吸ってほしい。

するとつながったまま抱き起こされ、膝にのせられる。そこで突き上げるように腰を使われて、周史は咄嗟《とっさ》に高哉にしがみついた。彼の首筋に両腕を巻きつけていないと、振り落とされそうだ。そのお誂《あつら》え向きの体勢で、高哉に乳首を吸われた。舌と歯でくすぐられ、しゃぶられる。

――妄想したのと同じことされてる……！

「――っ……！」

「わっ……締まるっ……」

周史の肩口で、高哉が息を弾ませて「やばい」と呻《うめ》いた。でもまだたりない。もっとしたい。

だから周史はじっと動かずに、高哉の様子を窺う。なのにふとんに戻され、ペニスを抜かれたから、おもちゃを取り上げられた子どものように「あぁっ」と残念がる声を上げてしまった。

欲深い周史を見下ろして、高哉は楽しそうに笑っている。

「やめるんじゃなくて、もっとやらしいことするんだよ。うしろ向いて、お尻こっち」

ぐしゃぐしゃのふとんにしがみつく格好になり、今度は後背位でつながる。

尻を高く上げて背後から突き込まれると、さっきよりいっそう深くまできて、中をこする角度と位置が変わった。抽挿のスピードが上がり、新しい快感が次々と湧いてくる。

畳をつま先で掻いて、接合したところで律動の衝撃を受けとめた。

濃厚な快感に脳が痺《しび》れて何も考えられない。快楽しか認識できなくなり、頭は真っ白だ。

高哉が背後からぴったりと寄り添ってきて、周史の耳朶《じだ》をしゃぶった。そんなことにも背筋が震えるほど感じて、そのままそこで喋られると後孔がきつく収斂する。

「けっこう激しくしてるし、深く挿れてるけど、怖かったら言って」

「……こわく、ない……、んっ……井堰さんの、すごく、きもちぃっ……」

背後の高哉が困った声で「もう……」と呻くと、ふとんを摑んでいた周史の両腕を取って手綱《たづな》みたいにうしろに引いた。

腕を拘束《こうそく》され振り子のように揺さぶられて、硬い尖端で腹の底をずんずんと突き上げられる。

――これっ……すごいっ……！

激しいけれど興奮を煽られているだけで、痛いことや不快なことはされていない。

「両手の自由奪われて、被虐的《ひぎゃくてき》にされるの好き？　中がうねって痙攣《けいれん》してる」

「あぁっ……！」

高哉に指摘されているとおり、ひどく興奮している。

隘路《あいろ》を力強くピストンされ、結合したところから背骨に沿って脳天まで甘美な痺れが走った。

「あ……だめだ、俺もうイきそう。チカちゃん、うしろだけでイけるの？」

むり、と首を振る。すると高哉に右手を摑まれて、とろとろと蜜を垂らす自分のペニスに導かれた。手を重ねて自慰を手伝われながら、後孔を彼の硬茎でぐちゃぐちゃに犯される。

周史は絶頂の瞬間まで声を抑えることもできずに、甘ったるく喘《あえ》ぎ続《つづ》けた。


現実を示す時計なんか見たくない。毛布にくるまったままとろんとした夢見心地の中、ゆっくりとまばたきする。周史はただ目の前の、向かい合って横臥《おうが》している高哉を見つめた。

――あんなふうにやさしくされて、好きになっちゃいそうだった……。

身体が快楽にふやけて、動かすのも億劫《おっくう》なくらいにとろけきっているけれど、頭と心はなんだかすっきりしている。穏やかで、柔らかで、さらさらした気分だ。

憑《つ》き物《もの》が落ちたよう、ってこういうかんじなのかな、と周史は思った。

「今さらだけど、チカちゃんって歳いくつ？」

「……二十五です。井堰さんは二十九……でしたっけ……。病院で年齢を見ました……あ、頭の傷、身体のほかのところも、だいじょうぶですか?」

「まぁ、だいじょうぶだと思うよ。えっちしたくらいだから」

ふたりで「ふふふっ」と笑い、こうして向き合って話をしていると、ついさっきまでのことが夢のように感じられる。

年齢と名前くらいしか知らない、会ったばかりの男。そんな人と、はじめてセックスした。

「一生縁のないようないい男とえっちできて、僕はラッキーだけど……。井堰さんは、僕とぶつかってケガして、ゲイの相手して、昨晩から散々な目に遭《あ》ってますね」

周史が自虐的に言うと高哉は不服そうな表情で、周史のくちびるをむにむにとつまんだ。

「チカちゃんかわいいし、気持ちよかったし、俺だってラッキーだよ」

女性にモテない、なんて決めつけたけれど撤回《てっかい》したほうがいいかもしれない。

「……もっとオラオラなセックスするんだと思ってたけど、甘やかすみたいにやさしくて……はじめての相手が井堰さんでよかったな……」

周史が何をしてほしいか、どうすれば悦《よろこ》ぶか、ピンポイントで汲《く》み取《と》られていた気がする。

「俺が?　オラオラ?　チカちゃんから俺ってどんなふうに見えてんだよ」

高哉は楽しそうに笑っている。

——エロそうで実際エロかったたし、遊んでそうだし、謎の部分のほうが多いけど。

怖くはなくなった。抱かれている間、とけそうなほどかわいがられて、大切に愛されている気分を味わえた。

——最初に思ってたような悪い人じゃないのかもしれない……。

でも彼が本当はどんな人だろうと、どこの誰であっても、周史の横を通り過ぎるだけの人だ。

——……今日のことは……一生忘れられないだろうな。

たかが一回セックスしただけで彼のぜんぶが見えた気になるのは愚《おろ》かだ。でもたった一回だから、今だけ夢くらい見ていたい。

どうせ今日にも消えてなくなる、泡沫《うたかた》の関係だ。

午前中はふたりでごろごろとして過ごし、午後から仕事があると高哉《たかや》に告げると「俺も行く」と言うので連れて行くことにした。

「縫ったところ、痛くないですか？」

「痛み止めのおかげなのか傷は痛まない。そっちこそだるいだろうから、俺が運転するよ。荷物持ちとか、手伝えることがあったら言って」

周史《ちかし》は戸惑いつつも「ありがとうございます」と車のキーを高哉に渡す。

高哉が運転席に、周史は助手席に回った。

「あ、俺が東京の人間だから『もしかしてペーパードライバーじゃないか』って疑ってるだろ。運転歴はあるから、安心して」

まさにそう疑っていた周史は遠慮がちに「よろしくお願いします」と苦笑し、カーナビに目的地を入力して助手席でシートベルトを締めた。

「今日は地元誌の動物愛護の記事のために、ペットショップと保護施設を取材します」

「フリーペーパーじゃなくても、カメラは自分で?」

「今日はカメラマンさんのスケジュールが取れなかったって話でしたから、仕方ないですね」

家から車で三十分ほどの距離にあるペットショップでは、販売する際の『飼い主さんへのお願い』について、隣の市にある保護施設では、捨て犬や捨て猫の実情について取材した。

取材の間、高哉はアシスタントのていで周史に付き添い、持ってもらっていたデジカメで写真を撮るなどしてくれている。カメラやレタッチについては周史よりよっぽど詳しそうなので、よりいい写真が撮れそうだ。

「取材、ぜんぶ終わりました。すみません。ちょっと予定より遅くなっちゃいましたね」

陽が暮れ始め、帰路に就く。

車を走らせ始めてすぐに高哉が「おなかすいたなぁ。どっかで食べない?」と訊くので、周史も「そうですね。あとは帰るだけですし」と返した。同意したものの、今日も泊まる気なのかな、という疑問が頭をよぎる。

「うまいもん食べたいな。花房《はなぶさ》でおすすめのグルメって何?」

「海が近いので海鮮もいいですけど、地鶏《じどり》もおいしいです」

「いいね、地鶏。夕飯に地鶏のお店はどう? あー、飲みたくなっちゃうな」

「ケガしてるんだし、あしたの診察までやめておいたほうが……ノンアルで凌《しの》ぐとか」

「チカちゃんの運転手だしね。あ、丼物《どんぶりもの》だったら飲みたい気持ちが抑えられる」

高哉がそう言うので、地鶏の炭火焼き鳥丼のお店に寄ることにした。

車をパーキングに駐車し、車外に出たところでもう炭火のいいにおいがするので、高哉のテンションが上がっている。

周史が知っている店は、フリーペーパーや地元誌で取材をしたことのあるところばかりだ。

店主にあいさつをして「東京からのお客さんです」と高哉を紹介した。今日はこんなふうに、同伴している彼を人に会わせるたびに、微妙に違う説明をしている。

焼き鳥丼のほかに鶏皮ぽん酢や地鶏のたたきも注文したので、結局高哉はノンアルコールを頼んだ。周史はどうせ高哉が運転してくれるならと、ハイボールにする。

「今日会った子たち、犬も猫もめっちゃかわいかったなぁ……。飼うならどっち、って子どもの頃よく論争になりませんでした?」

「俺は犬派かな」

「えー……僕はどっちだろ。猫もかわいいんだよなぁ」

デジカメで撮った画像を眺めながら話すと、向かいに座る高哉が「俺も見たい」というように身を乗りだすので、周史もわずかに前に寄った。少し近付くだけでどきどきするのを悟られないよう、デジカメの画像にだけ注目する。

「ひとりだし、一軒家だし、飼えばいいじゃん」

軽く言われて、周史は苦笑いする。

「でも……ペットって、死ぬじゃないですか。いつか葬《ほうむ》ることになる覚悟もして、なんて……」

大切な、共に生きる家族だから、そのときを想像するだけでつらくなる。喪失感《そうしつかん》に耐えられそうにない。だったらもう、ひとりがいい。

「……まぁね……。ひとりでさみしいのと、どっちがいいかなんて比べられないけど。俺も子どもの頃は犬を飼ってたんだ。大切なものを失ってから感じるさみしさって、自分の身体のどこかが千切れてなくなっちゃうような、そんな痛みな気がする」

亡くす悲しみをちゃんと知っている人の言葉だ、としんみりしつつ周史が受けとめたところで、高哉がにまっと笑った。

「俺がチカちゃんのペットになってあげようか？」

「……またそんな冗談ばっかり」

放浪の旅人のような男の言葉を真に受けるほど、周史もばかじゃない。

「ところでさ、今日の取材内容、けっこうヘビーだったね」

「そうですね。保護施設の方は、やっぱり『動物をだいじにしてほしいから、厳しい現実を知ってほしい』って強く思ってるみたいで……当然ですよね」

明るい話題を提供する地元誌という位置付けなので、あまりにも悲惨《ひさん》で残酷な記事は書けない。譲渡会やペットショップで出会った動物を家族として迎え、互いがしあわせに過ごすためにはどうしたらいいのか、という前向きな内容が求められる。

「とはいえ……ああいう保護施設の現状を見ると、すごく複雑です。あくまでもきれいな部分にフィーチャーした記事を書かないといけないから、身につまされます」

無責任に捨てる人、利益優先のペットショップやブリーダー……そんな文字には起こせない言葉が、動物たちの『載せられない画像』とともに頭をぐるぐると廻《めぐ》る。

「きれいなフィルターをかけることに納得できなくても、呑み込むしかない場合もあるよな」

世の中に不条理なことはたくさんある。そういう波に呑まれたり、無理やり呑み込んだりして、彼も生きているのかもしれない。

「言葉にできなかったものが、吐き出せないまま自分の身体の中に溜まっていくみたいで苦しくて、ついこういうかわいいものとか、きれいなものに逃げちゃいます」

生まれて間もない動物たちは無垢《むく》で無邪気で眸《ひとみ》が澄んでいて、人懐こい子がほとんどだったけれど、懐かずぷるぷると怯《おび》える姿すらかわいかった。

「うん。逃げていいんだよ。どんな人にも役割ってのがあるから。それを伝える人は他にちゃんといる。チカちゃんがぜんぶ受けとめなきゃいけないことはないと思うよ」

彼の慰めに周史がほっとしたところで、お目当ての炭火焼き鳥丼がテーブルに運ばれてきた。

夕飯代を高哉が支払ってくれて店を出たところで、彼が「我が家へ」と言わんばかりの口調で「帰る?」と訊くので、周史はずっと気になっていることを思いきって質問した。

「井堰さんは……お仕事、だいじょうぶなんですか? 今はご旅行中なんでしょうけど」

彼の余裕っぷりを見ていると、ずっとこのまま花房に居続けるような気がしてならない。

「あー、うん。休暇中だから」

いったい何日間の休暇なのだろうか。普通の仕事なら休めても数日から一週間くらいのものだと思う。

なのに高哉からは今も具体的な返答はなく、出会った日も「適当にぶらぶらしてる」「いつまでいるか決めてない」なんて言っていたのだ。もしかして普通の仕事ではないのかもしれない。

「花房にはいつ頃までいらっしゃるのかなって思って。あ、あの、抜糸するまでに二週間ほどはかかるかもしれませんし」

「……そっか、二週間もかかるのかぁ。じゃあもうそれまでここにいようかな」

周史は目を瞬かせた。

――えっ……この人もしかして、抜糸までずっとうちにいる気……とか……?

そんなことを訊いたらとんでもない展開が待っていそうな気がする。

周史が言葉を呑んだとき、うしろから「周史」と声をかけられた。

振り向いたところに立っていたのは、周史が花房へ来てからできた友人の久保累人《くぼるいと》だ。

「今日、仕事休み？」

周史が訊《たず》ねると、累人は「うん、二連休」と答えて、ちらっと背後の高哉のほうへ目をやる。

「あ、えっと……東京からのお客さんで」

ふんわりした説明に累人が少し不可解そうにうなずき、高哉に会釈であいさつしたあと再び周史に目線を戻した。

「今からイツメンで飲むんだよ。周史もよかったらあとから来れば？」

「えっ……あぁ……僕はいいよ。仕事が、まだあるし」

いつも取材のときに使っているリュックをちらっと見せる。累人は「あー、そっか」とすぐに納得してくれた。

「じゃあ……また、チャンスあったら誘うわ」

「……うん」

軽く手を上げて見送る。

「さっきまでお酒飲んでて『これから仕事がある』は説得力ないと思うよ」

高哉に指摘されて、ごもっともだと思うけれど、累人も周史が『行かない』のは分かっていたはずだ。これまでにも何度か飲み会に誘われているが、顔を出したことはほとんどない。

「あ、彼が宅配便のドライバーをやっている友人です。その配達区域にうちも入ってて」

高哉は一度背後を振り返り、「ふぅん……」と相槌《あいづち》を返した。

「好青年ってかんじのあの人は、チカちゃんの彼氏候補にはあがらないの？」

「えっ？　彼氏候補とかないですよ。ないけど……なんていうか、狭いコミュニティで今の関係を壊したくないから、必要以上のつきあいは誰ともしたくないって気持ちもあるし……」

「それって、あの彼に対してブレーキかけてるってこと？」

「いや、あの、べつに『好きになりそうだから』とか、そういうんじゃないです。僕が自意識過剰《かじょう》で……あんまり人とかかわらないようにしようっていう、戒《いまし》めみたいなもので……」

思わず「戒め」と口に出してしまったので、高哉が怪訝《けげん》そうにする。それに気付かないふりをして「もう、帰りましょう」とパーキングへ向かった。

それから車に乗り込んだものの、高哉は何か考えているのか、いっこうにエンジンをかけない。周史が「井堰さん？」と声をかけると、ようやく「……じゃあさ」と話しだした。

「人づきあいを最小限にしてるチカちゃんからすると、俺ってあり得ないくらいすごくずうずうしい？　めちゃめちゃ土足で上がり込んで場を荒らしてる系？」

周史は内心で「うっ」となり、でももう「おっしゃるとおりです」という顔になっている気がして、口をぱくぱくさせる。

——ほんとは「この謎の人物はいったいいつまでうちに泊まる気なんだろ？」って考えてます……なんてもう言えない。

「いや……あのね、俺も相当ずうずうしいことやってんなって自覚はあんのよ？」

またしても「自覚あるんだ⁉」という顔をしてしまい、高哉が「ははっ」と破顔する。

「でもまぁ、人生で一回くらいは無茶したいなっていうお年頃なんだわ」

「……二十九歳で、ですか？」

普通は、多少の無茶を大人が許してくれる頃にやるものではないだろうか。

「イージューの青春を唄ったロック、聴いたことない？　三十のおっさんの青春ソング」

高哉の言うことがぴんとこなくて、周史は首を傾げた。


今日も泊まる気ですか、と確認もしていないのに、高哉が普通に家に上がり、当たり前のように今、風呂に入っている。周史はパソコンに落としたデジカメの画像を見る気もなく、かちかちと無意味にクリックして左から右へ流し続けた。

――今すぐ出て行ってほしいわけじゃないけど……僕はお酒を飲んでるから車でどこかへ送るわけにもいかないし。ただ、いつまでいるつもりなのか分からないってのもなあ……。

旅の目的も謎。素性もほぼ謎。いやなことはされないが、漠然とした不安は拭《ぬぐ》えない。

――……夜も、するのかな。

彼とのセックスは、「一度だけ」だと言われた。でも今夜も泊まるなら、必然的に、そういうことになるような気がする。

入浴時に自分の準備などするべきだろうか。でも何もなかったらすごくむなしい。

正直なことを言うと、他に経験がないから比べる基準なんてないけれど、彼との行為は「このまま死んでも、思い残すことはないな」と思えるくらいよかった。

二十五歳の大人になった今、地道に稼《かせ》いで、ごはんを食べて、欲しいものもだいたい買える。細々とでも貯蓄し、とんでもない浪費やばかな借金でもしない限り、ひとりで生きていける世の中だ。

でも、さすがに、性行為のために金を出すことははばかられる。出会い系にはさまざまなリスクがあり、ハッテン場みたいなところへも行けない。

そこに、東京から来た後腐れのない謎の流浪男。周史にとっては行きずりの、セックスだけしてくれる都合のいい男。

「チカちゃん、そういえば言ってなかったけど。今日も泊まっていい？」

風呂から出てきての高哉の第一声が今さらすぎる内容なのと、入浴中に「確認してない」と気付いたんだろうなと分かるタイミングで、周史は思わず笑ってしまった。

この人にそもそも宿泊施設を探す気があったのか疑問だが。

「あした診察してもらわないといけないし、どうせ僕もついて行きますから」

――抜糸までいる、というのはさすがに冗談だろうし。

「でね、俺、風呂入ってるときにいいこと思いついたんだよね」

思わせぶりな言葉で、ローデスクの前に座る周史の横に高哉が屈《かが》んだ。ふわっとボディーソープとシャンプーの芳香がする。自分が使っているときはなんとも思わないのに、彼からそれが香るとセクシャルな意味を持つのが不思議だ。

「俺、チカちゃんのペットになろうかな」

「…………はい？」

今日、夕飯を食べた店でもそんなことを言っていた。完全に冗談として受け流したのだが。

周史は目を大きくして、「この人、何言ってんだろ？」という顔で彼を見た。

「いや、あのね、ここにしばらく置いてもらえたらなって思って。宿代と食事代は払う」

「……うちを旅館代わりにしたいってことですか？」

「旅館代わり……まぁ、そうなっちゃうか。でも他のところ行くよりここにいたいっていうか、チカちゃんのとこがいい。それにペットになったら楽しそうじゃない？　俺だったら死なないし」

いや、意味分かりませんけど——唖然とする周史に、高哉はにこにこした。

「チカちゃんの仕事のときに運転手も荷物持ちもやるし、あ、ほら、カメラも、言っちゃなんだけど、チカちゃんより俺が撮ったやつのほうが見栄え良くない？」

彼が指をさしたパソコンの画面には、高哉が今日撮ってくれた写真が多数並んでいる。中には周史が撮ったものもあるが、同じデジカメで撮影したとは思えないほど、サムネイルで見てもセンスの差が歴然としていた。

「カメラセンスについては、何も言い返せませんけど……」

「エサやんのと遊び相手と散歩がたいへんかもだけど、いたら案外便利だよ？」

「エサ……遊び相手……散歩……」

そういえば、今朝もひとりで散歩していたようだが、日課なのだろうか。

そこまでしてここにいたい理由もよく分からない。コンビニへ徒歩では行けないし、セールスポイントといえば温泉くらいだ。なんでも揃って刺激的な都会から来た人にとっては退屈な町に違いないし、周史自身にしても、彼を楽しませるような話術も特技も何もない。

——遊び相手って……まさか、思いのほかアッチが良かったから、ヤリまくりたいとか、そういうこと？

どきどきなのか恐怖なのか分からない感情で、周史は顔をしかめた。

——ぺ……ペットって、えっちなペットって意味っ⁉　性奴隷的《せいどれいてき》なっ？

性奴隷にしても、どちらに主従関係のウエイトがあるのか疑問だ。今朝のあの一回は、周史に対して彼がご奉仕してくれたようなものだった。

「ぺ、ペットって、ペットって……どういうっ……」

周史がひとりで混乱して頬を熱くしていると、高哉が肩を揺らして笑う。

「ペットなんだから、チカちゃんとえっちはしないよ。だって、ペットとしたら獣姦《じゅうかん》じゃん。

犬や猫みたいに飼ってもらうだけだよ」

「犬……猫……」

いやらしい意味で解釈していた周史は、高哉が純粋な意味で『ペット』と言ったのだとようやく理解した。それが分かったら、あからさまにがっかりしてしまった。はじめてのキス、はじめてのセックスの相手に突然ふられたようで、ショックを受けている。

――こんな気持ちになるのは、はじめての相手だから？　これが『はじめてマジック』？

彼とはきのう出会ったばかり。たった一度、身体をつなげただけの人だ。

そう思ったら、すっと気持ちが醒めた。浮かれて、期待して、ばかみたいだ。

「意味ありげな顔が、含んだ言い方が、まぎらわしいんですよっ」

周史がぷいっとすると、高哉がさながら甘えてくる犬や猫のように、周史に寄りかかる。

「一度だけだって、約束だったしね」

律義《りちぎ》に守ってくれるということなのか、一回で充分だと思ったのか、もう二度としたくないということなのか――そんなことを確認できるほど、周史は強くない。

「……ペットって……いつまで……？」

「うーん……まぁ、しばらくの間ってことで」

あいかわらず具体的な答えが返ってこないが、高哉が「抜糸までここにいようかな」というようなことを言っていたから、おそらく二週間ほどだ。

二十四時間、彼と過ごしてみて、周史自身こんなに一緒にいて苦痛を感じない人ははじめてだった。

――知らない人と二十四時間も過ごしたっていうのが、そもそもはじめてだ……。

もっと現実的な面でいうと、金を出すことを渋りもせず、ずうずうしいけれどちゃんと常識的でモラルがあり、彼が言うとおり『いたら案外便利な人』だ。

――苦痛を感じないっていうより……ちょっといいなって思ってるくらいで。今夜だって、えっちしてもいいって思ってたし……。

かぁっと胸が熱くなる。本当の本当は、今夜はどんなふうに抱いてくれるのかな、今朝よりすごいことをしてくれるのかなと、期待していた。もうしないと分かったから、このあと風呂で準備をしてしまって虚《むな》しくなるような残念な展開はなくなったわけだが。

――「えっちはしない」って断言されたから、どっちにしろショックなんだけど……。

周史はちらっと、腕から肩に寄りかかっている高哉を見下ろした。

「……僕の、ペット……？」

高哉が周史の肩から顔を上げる。

キスしそうな距離で、彼はにっこり笑って、「わん」と答えた。

「タカちゃん、タカポン、タカっぴ、タカぴっぴ、タカっち、さすがに人前で呼ばれることも想定すると恥ずかしいな」

ペットとしての彼の呼び名について提案され、周史《ちかし》はこたつの角を挟んで座る高哉《たかや》のほうをちらっと見る。

食卓に並ぶのはごはんとたまごやきと納豆と味海苔《あじのり》に味噌汁。周史が用意した朝食を高哉は「俺のエサだ」とにこにこして食べている。

——あなたが『エサ』と称して食べているその味海苔、朝ドラ女優の母が送ってくれたやつなんですけどね……って明かしたら驚くだろうな。

「もう、『高哉』で良くない？」

「僕はそんな変なあだ名で呼びたいなんて思ってませんけど、だからって呼び捨ては」

「いっそポチとか、ゴンとか……」

「年上の、大人の男の人に対して、ポ、ポチなんて失礼すぎるでしょう。ゴンってなんですか。

キツネ？　他人が聞けば、僕のほうの人間性が疑われます」

「だからもう俺が最初から言ってるように『高哉』で良くない？」

周史は口をむぐむぐさせた。いきなり下の名前で呼べと言われても困る。年上の男性がペットだなんて突飛な設定にも、そんな簡単に順応できない。

「チカちゃん」

周史のほうにぐっと身を寄せ、イケメンペットが顔を近付けてきた。

「ほら、呼んで。呼んでくれたら、すぐにチカちゃんの傍に行くし、言うことをきくよ」

周史はさんざん迷ったあと、ようやく小さな声で「高哉」と呼んだ。すると高哉はうれしそうに「わん」なんて答えたから、周史は噴き出した。高哉は「わんわんわん」と吠えて、周史の頬をくちびるでぱくぱくと食べてじゃれてくる。

「あっ、ちょっ……」

驚いたし、そのままキスされるのではと緊張したけれど思い過ごしだった。

「ペットからご主人様への愛情表現、スキンシップだよ」

キスされてもよかったと残念がる自分もいる。周史は耳を赤くして、顔を俯《うつむ》けた。

――「ペットだから」って一緒に寝ても何もなかったから、キスもされなくて当然なのに。

「そのたまごやき、あーん、で食べさせて」

高哉がにまにまして待っている。周史は複雑な心境でたまごやきを口に入れてやった。もぐもぐして、高哉は「チカちゃんに食べさせてもらうと、いっそうおいしい」と上機嫌だ。

「……こんなことまでして、ペットに徹《てっ》するんですか？」

「ペット相手に敬語もなしだよ」

顔を寄せて、キスしそうな距離だけど、ふたりの間に漂《ただよ》う空気が熱を持ち始める寸前に離れる。反応を窺われているのか、ただからかわれているのか、よく分からない。周史がひそかに動揺している横で、高哉は「俺のエサ専用の皿が欲しいなぁ」と食事に戻った。


その日は高哉とともに朝から病院へ行き、縫合《ほうごう》の状態を診《み》てもらった。先生の診断は「経過は良好。あとは月末の、最後の金曜日に抜糸しましょう」とのことだ。

病院を出て、周史は編集部に用事があるので高哉と別れ、そちらへ向かった。

周史が仕事をしている間、高哉には適当に時間を潰《つぶ》してもらい、再び落ち合って帰りに買い物をする約束だ。

——この辺は温泉以外にこれといって何もないから、三時間もひとりだと退屈するかも。

温泉宿にやってくる観光客目当ての飲食店や土産物店が集まっている辺りに洒落《しゃれ》たカフェも数軒あるが、平日などは昼前でも行列ができることは少ない。

予定どおりに仕事を片付け、周史は高哉が待つ駅前のファッションビルへ急いだ。

周史が到着したとき、高哉はスマホを弄りながら休憩用に置かれた長椅子に座っていた。

そのすぐ近くにいる女性ふたりが高哉をちらちらと見て、「イケメン」と言い合っている。

それに気付くと、周史の胸のどこかでちりっと小さな火花が散った。

——……黙ってれば余裕のある大人の男に見えるけど。「その人、うちのペットです」って言ったらドン引きだろうな。

厳密に言うと自分のものではないが、顕示《けんじ》の意味を込めて彼女らにはそう告げたい気がする。

まだ離れているところで高哉と目が合うと、うれしそうな、ほっとしたような笑顔を見せるのがなんだか本当に犬っぽくて、周史は頬をゆるめた。

「お待たせ。ずっとここにいたの？」

「いや。最初は書店行って、そこに併設《へいせつ》のカフェでチカちゃんが編集やってる『はなぶさプレス』読みながらコーヒー飲んでた。上の映画のレンタルコーナーも覗いたんだけど、観てない映画がけっこうレンタルになってて……チカちゃんは映画ってシアターで観る？　それともレンタルとか動画配信？」

「あー……そのうち観に行こう、って思っても、気付いたら上映が終わってること多くて。動画配信で間に合ってるかんじかな」

「配信はいろいろと便利だよね。こたつでぬくぬくしながらチカちゃんと観たいな」

この会話を聞いている隣の女性たちの探るような視線を浴びながら、周史は高哉に「行こっか」と声をかけて立ち上がった。

それから駅ビル内の雑貨店で、高哉がドッグフード容器を選んだ。高哉の分のお茶碗がなくて鍋用の取り皿を代用していたので、これをごはん茶碗にするというのだ。

「でもこれ、ほんとにドッグフード入れるやつだよ？」

周史が「人権！」とまじめな顔で言うと、高哉は笑った。

「こういうのを本気でやるのが楽しいんだ」

いくつか色違いがある中、高哉自ら青色をチョイスする。さらに高哉は、すぐそばの『半額セール』のアオリで目立っていたメロンパンのスクイーズを手にした。ぎゅっと掴むと、ふわぁんと反発して膨らみが戻る。柔らかな感触がくせになったようで、高哉は目を瞬《しばたた》かせた。

「わぁ……ずっとさわってたい……。あっ、メロンパンのにおいがするし、何これすげぇな。女の子のおっぱいよりすごい」

高哉がぽろっと言った『女の子のおっぱい』に過剰《かじょう》に反応してしまい、周史は「知らんし！」と少し不機嫌な声を出してしまった。

「チカちゃん、どうしよう！　これもう手放せない」

「わ、分かったよ、それも買うから」

ペット用のおもちゃとしてスクイーズも一緒にレジへ持って行く。支払いをすませて店を出ていくらもしないうちに、高哉が立ちどまった。

「チカちゃんのペットなんだから、首輪も必要だよね」

「首輪……。う……そでしょ。本気？」

全身がロックやパンク、ゴシックファッションだったら浮かないかもしれないが、さすがに二十九歳のアラサー男がペット用の首輪をつけるのはいかがなものか。

「細めのレザーのチョーカーなら、おかしくないかな」

高哉はそこでちょうど目についたアクセサリーショップで、若者向けのシルバーの細工がごちゃごちゃついたチョーカーを手に取っている。

「なんかそれ、チャラっぽい……こっちならまだ……」

周史が手に取ったのは、留め具の部分だけにシルバーを使ったシンプルな細いレザーチョーカーだ。高哉はさっそく鏡の前に立ち、それを首元に合わせている。

「キャメルか。いいね。黒だとゴツさが際立つけど、こっちなら肌なじみもよさそう」

それに若者がターゲットのお店だけあって、ペット用の首輪よりよっぽど安価だ。

結局、成りゆきでそれも購入し、すぐに高哉につけてあげた。

「これ、チカちゃんのペットって証《あかし》。飼い主の連絡先入りネームタグが欲しいところだけど」

独占されたがるような高哉の発言を、周史はひっそりとうれしく思う。

——さっきの女の子たちみたいな、どこかの誰かに連れてかれないように。

少々倒錯的《とうさくてき》な感情を持ってしまうのは、ペットだなんて設定のせいだろうか。そんな周史の気持ちを高哉は知りようもないけれど、飼い主の所有を示す首輪を喜んでつけるところが、なんだかかわいく見えた。

シャツの襟《えり》からちらりと覗くチョーカーは、存在を主張することなく収まっている。

「……それ、案外似合ってる」

「ほんと？　ありがとう」

高哉はうれしそうだ。周史はそんな彼をじっと見つめた。

「何？」

「……けっこう、楽しいなって。僕のペットになるなんて、どういうことだろって思ってたけど。高哉が、本気でペットに徹《てっ》してくるし」

名前を呼び捨てにすることにまだ抵抗があって、そこだけはどうしても声が小さくなるが。

「誰かのものになるって、いいね。俺も楽しい」

高哉の笑顔につられて、周史も顔をほころばせた。

ペットになるというのはあくまでも居候の口実かと思っていたが、高哉がここまで本気ならいっそ開き直って、一緒にペットごっこを楽しんだほうがいい気がする。

「スーパーで買い物して帰ろうか。夕飯は何がいい？」

「寒いから、鍋《なべ》とか？　鍋用の取り皿をお茶碗としてじゃなく本来の目的で使えるし」

高哉の返しに周史は「そうだね」と笑った。

夜は、海鮮と肉と野菜がたっぷりの味噌キムチ鍋で、「熱い、辛い、うまい」と言いながら、シメの雑炊《ぞうすい》までしっかり完食した。

ふたりともこたつに脚を半分だけつっこんで、「はぁ、よく食った」とごろんと寝転がる。

「新品のドッグフード容器をさっそくキムチ色に染めてしまった」

「今日こそ鍋用の取り皿を使うべきだったのに、なんで買ったばかりの容器を使うの」

「だってチカちゃんにせっかく買ってもらったから、早く使いたくてさ」

高哉がはしゃいだことを言うのがおかしい。

おなかが満たされた状態でごろごろ。まったりとした時間が流れる。

畳に投げ出した周史の指先が、もう少しで高哉の指に届きそうだ。

——……つなぎたいな……。

ほんの少しでいいから、ふれたい。彼にさわりたい。

目が合って数秒。すると周史の思いが通じたのか、高哉がこちらに手を伸ばし、指と指を絡めてから手をつないでくれた。たったそれだけのことなのに、その瞬間に喜びが弾けて、はっと息を吸い込む。寸前まで、呼吸を忘れていたのだ。

——息するの忘れるって、どういう……。

不可解な情動の正体は分からないのに、ずっとどきどき、そわそわ、それからどこかがちりちりとしてやまない。高哉と出会ってから何度も感じた、このふとした拍子に身体の内側が熱くなるような感覚はなんなのだろうか。

――……えっちしたいだけなのかも。そういう相手、僕はこの人しか知らないから。

こたつの角を挟んでいたけれど、高哉が這《は》って周史の傍に寄ってきた。

「チカちゃーん」

「ええっ……もう、暑いよ～」

身体が汗ばんでいるので周史がいやがると、高哉はにこにこしながらますますくっついてくる。暑いと言いながら、周史も本気で離れるわけでもない。

――汗掻《か》いてなかったら、もっとくっついてもよかった。

白昼夢みたいな、たった一度の彼との行為が頭にフラッシュバックする。

少し強引なくらいでいい。あのときみたいに、してくれないかな――だって「ペットだからチカちゃんとえっちはしない」と約束されていて、自分からは行けない。

そのとき、居間の窓を外からノックする音がした。時刻は二十時を過ぎた辺りだ。

「あ、だいじょうぶ。累人《るいと》が来たみたい。一度会ったでしょ、宅配便のドライバーの」

今日、編集部で仕事をしているときに、累人からLINEが来ていた。

累人はいつも、玄関の呼び鈴を鳴らさず直接居間の窓から訪ねてくる。

周史がカーテンと窓を開けると、宅配便のユニフォーム姿の累人が顔を出した。

「おつかれ。仕事帰り?」

「うん。これ、桑田《くわた》のじいちゃんからお裾分《すそわ》けの自家製キムチ。昼間に持って来たけど、留守だったからって預かっておいたやつな」

「ありがとう。お礼言っとく」

「あとこれは営業所で貰《もら》ったフェイスタオルなんだけど、今治《いまばり》のやつ、よかったら使って。んっ、部屋ん中がキムチのにおいだ。あ、キムチ鍋かぁうわぁああっ」

こたつに寝転がっていた高哉が動いたときにようやく、累人は家の中に人がいることに気付いたらしい。

「ええっ、びっ……くりしたぁ……!」

高哉が身を起こして「こんばんは」とあいさつすると、累人は「こ、んばんは」と驚きを隠せないまま返し、すぐに周史のほうに向き直った。

「この家に周史以外の人がいるなんて思わないから、お構いなしに話し込んだっつーの」

「ごめん。累人に言ってなかったね」

すると累人は「んんっ?」と顔を顰めた。

「……あちらの方、飲み屋街でばったり会ったときに周史が連れてた人?」

あのときはまだ仕事が残っていることをアピールした上に『東京からのお客さん』というふ

んわりした紹介で別れた。

「あ……あぁ、うん……訳あって、うちに泊まってもらってて」

「泊まって⁉　ええっ？　ええ～……俺も入れてもらったことないのになぁ」

累人はくちびるを尖らせながら冗談めかしてそうぼやいた。

彼だけじゃなく、近所の人も誰も、家の中に上がってもらったことはない。それなのに、高哉はさっきまでこたつに寝転んでいて、その上ここに泊まっているのだ。

親類や親しい友人ということなら疑問も抱かないだろうけれど、累人は「どういう関係の人？」と訝《いぶか》しんでいる。

――なんてごまかせばいいのか分からない……！

周史はちらっと高哉を一瞥《いちべつ》し、累人に「それ以上詳しく訊かないでほしい」という気持ちを込めて愛想笑いをした。

そんな微妙な空気の中、累人が「あ……えーっと、じゃあ、俺は帰るわ。またな」と手を振ったので、周史もほっとしつつ「またね」と見送る。

累人が帰り、周史はキムチを冷蔵庫に入れてからこたつに戻った。

「チカちゃんの『必要以上のつきあいは誰ともしたくない』っていう意思の片鱗《へんりん》を垣間《かいま》見《み》た気がする」

座ったとたん高哉にそう切り出されて、周史はどきりとしつつ「ええ？」と返す。

「さっきの彼が『この家に周史以外の人がいる！』って驚いてたし。飲み屋街で会ったとき、チカちゃんは彼のことを友だちだって言ってたよね」

周史の薄情さを目の当《ま》たりにして、高哉はちょっと驚いたみたいだ。

「……友だち……だけど……」

自宅を訪ねてくるくらいの、たまに飲みに行ったりする友人でさえ家に上げたことがないのに、得体の知れない高哉のことはこうして受け入れている。

「チカちゃんにとって、俺のことは相当なイレギュラーなんだろうけどさ……」

不注意でケガをさせたから。たった一度とはいえ身体の関係があるから。

理由としては充分なようにも思えるが、高哉との今の関係を楽しんでいることまでは、周史の中でもうまく説明がつかない。まるで何かの魔法にでもかけられているみたいだ。

――魔法っていうか……高哉は今、僕のペットっていてで……だから特別で……。

他の人だと受け入れられないのに。高哉は周史にとって特別な何かであるのは分かるけれど、今はそれを『ペット』という言葉にすり替えているだけではないだろうか。

気まずさで黙りこくると、高哉は周史の頭をそっとなでた。

「俺は、ペットだもんね」

親類でも友だちでも恋人でもなく、例外として傍に置いている。『ペット』なんて、お誂《あつら》え向《む》きにちょうどいい言い訳だ。

ペットとしてすでに一線を引いている高哉も、立ち入ってはいけない話題だと察したのか、それ以上は言葉にしなかった。

翌日、周史《ちかし》は近くに住む老夫婦、桑田《くわた》のおじいちゃんとおばあちゃんの家を訪ねた。きのうの自家製キムチのお礼を伝えるためだ。

桑田さんは息子夫婦と二世帯で暮らしていて、親子でやっている畑で取れる野菜をよくお裾分けしてくれるなど、他人の周史のこともかわいがってくれている。

「きのうキムチを持って来ていただいたのに、仕事で出てて。すみません」

「散歩がてらだったから、いいのいいの。いくら冬でも外に置いとくのはな〜って持ち帰ったら、ちょうど累人《るいと》くんが来て預けたんだよ」

「桑田さんが作るキムチ大好き。やばい、思い出したらよだれ出てきた」

わははと笑う桑田のおじいちゃんの目尻のしわしわがかわいい。会うとほっとする。

「キムチ、わたしも一緒にいただきました。おいしかったです」

周史の背後にいた高哉《たかや》も会釈して、桑田さん夫婦にあいさつをした。

「周史くん、ついにアシスタントさんがついたの?」

うれしそうに問うおばあちゃんに「アシさんじゃないけど、ちょっと手伝ってもらってる。今うちに泊まってて」と説明する。

お礼を伝えたので帰ろうとしたら、外から「わんっ」と小型犬の鳴き声が聞こえた。

「えっ、桑田さん、犬飼い始めた？」

「あー、ちがうのちがうの、迷い犬。今朝うちの畑にいてさぁ」

困り顔の桑田さんに案内されて家の裏側に回ると、紐でつながれた白い小型犬がいて、周史は「わあっ」と声を上げて駆け寄った。

「ちっちゃ！　かわいいっ！　まっ白！　ふわっふわ！」

「これなんていう犬かな？」

桑田さんの問いかけに高哉が「たぶんポメだと思います。ポメラニアン」と答えた。

「ポメラニアンって薄い茶色じゃないんだっけ？」

「スピッツみたいにまっ白のもいますよ。というよりむしろ白が元祖だそうです。ケータイのCMに出た子犬で話題になって」

ポメラニアンは周史を見上げてしっぽをふりふり、だっこをせがむポーズをする。抱え上げると、いきなりほっぺをぺろぺろされた。人懐こくてかわいくて、周史の頬がゆるむ。

「畑を掘り返してたから、あわてて連れてきたんだけど、どうすればいいのか……。うちはジジババだし、息子夫婦は双子の乳飲み子がいて、しかも息子は犬が苦手だから『世話できないな～』って。とりあえず飼い主を探さないと……」

こんな小さな室内犬を外に置きっぱなしにすると、寒さで弱ってしまうかもしれない。

「首輪に、飼い主の名前や連絡先がなかったですか？」

「捕まえたときは首輪がなかったんだよ。今つけてんのは、昔飼ってたうちの猫のやつ」

人懐こくて、それほど汚れていないところを見ても、最近まで誰かに飼われていた犬だと思われる。つい先日の動物保護施設のことが周史の頭をよぎった。捨て犬じゃないことを願うしかない。

腕の中の綿菓子みたいな白い犬。なんにも疑うことを知らないような表情だ。

「……桑田さん、僕が預かりましょうか？　飼い主捜すの、手伝えるし」

「えっ、いいのかい？　周史くんだって仕事が忙しいだろ？」

「でも、この子の飼い主さんも捜してるだろうから。ビラを作って、お店やスーパーに置いてもらうのも、仕事柄、顔見知りがいてお願いしやすいし」

桑田さんご夫婦は顔を見合わせて「それじゃあ、頼みます」と深々と頭を下げてきた。

そういうわけで急遽《きゅうきょ》、迷い犬を引き取って、飼い主捜しをすることになった。

家に帰ってビラを作成し、その間に高哉が保健所や警察署、動物愛護センターに飼い主から問い合わせが来ていないか確認する。しかし、その最初のアクションは空振りに終わった。

翌日、通常の仕事をしながら、目についた美容室、動物病院、スーパーなどにビラを配って回った。団地やマンションの掲示板、ＳＮＳでも情報を発信する。

高哉はもちろん累人も協力してくれて、思いつく手段、可能な限りの方法で迷い犬の飼い主を捜したけれど、数日経っても有力な情報は得られなかった。


うちのペットが二匹に増えた。どちらも一時的に、ではあるが。

迷い犬を引き取って四日。飼い主はまだ見つかっていない。

呼び名に困り、ポメラニアンの『アン』を取って「アンちゃん」と呼ぶことにした。

「チカちゃーん、おやつまだですかー」

周史の足元にお座りするアンちゃんと、その横に「ペットになる」と宣言して首輪代わりのレザーチョーカーをつけた二十九歳の男、高哉が胡坐《あぐら》をかいて座っている。画的にもだいぶシュールだ。

「待って。あと五分くらいだから」

周史はトースターの中に並んだ『骨型じゃがいもクッキー』を見守りながら、ふたりに「待て」を言いつけた。

蒸したじゃがいも、無塩の煮干し粉末などを混ぜて、骨のかたちのクッキー型で薄く抜き、あとは焼くだけの犬用クッキー。人間も食べてよし。

いいかんじに焼けてる――そう思って足元を見ると二匹がいなくて、顔を上げたら。

「あーっ、こらぁっ！　アンちゃん、高哉！　洗濯物で遊ぶなっ！」

洗濯物の下をくぐって遊ぶアンちゃんはまだいい。その洗濯物を宙に投げているのは高哉だ。

「もうっ、撒《ま》くな、畳んで。まじで」

「チカちゃんがおこだ。おやつ貰《もら》えなくなるから畳もう。アンちゃん、これ取ってきて」

靴下を丸めて投げると、喜び勇んでアンちゃんがそれを咥《くわ》えて高哉のところへ戻ってくる。

「じょうず～！　アンちゃん芸達者～！　俺とどっちが早いか競争すっか」

今度は丸めたパンツまでぽんぽん投げ始めた。言うことを聞かないのはもう放っておく。

「アンちゃん、高哉、おやつあげないよ」

焼き上がったクッキーを並べた皿を片手に掲《かか》げ、半眼で見下ろすと、二匹は急に大人しくなった。

「食べたらちゃんと畳みます」

しおらしいそぶりの高哉はさておき、アンちゃんが「食べた～い！」と大興奮しているので、「落ち着いて、お座りして」と言い聞かせる。

アンちゃんは胡坐をかいた高哉の前を陣取って、つぶらな眸で「あたしに先にちょうだいね」とこっちを見上げてくるからたまらない。周史はすっかりめろめろな気分で、アンちゃんにクッキーを与えた。

それからこたつのテーブルに例のドッグフード容器を置き、高哉の分のクッキーには塩をかける。調子にのって「あーん」で待っている高哉の口に、周史は破顔しつつ骨型クッキーを入れてやった。

「――あ、うーまっ、これいくらでもいける」

周史も高哉の隣に座り、塩をかけた人間用のそれを口に運ぶ。

「ほんとだ。塩気が加わっただけでだいぶおいしい。完全に人間のおかしだね」

二匹のペットと飼い主が同じ骨型クッキーを食べる画も、だいぶシュールだ。

高哉がにんまりしながら「チーカちゃん」と呼ぶ。ちらっと見て「何?」とそっけなく答えたら、高哉が「大好き」と抱きついてきて、頬に軽くキスされた。頭がわっと沸《わ》くけれど、こんな絡み方は日常茶飯事《さはんじ》だし、これはペットのスキンシップ……と繰り返し心で唱える。

修行僧みたいな気持ちになっているところに、右側からアンちゃんが乱入してきた。周史と高哉が仲良くしていると、「あたしも仲間に入れて」と邪魔してくるのがお決まり……かと思いきや、これはただの骨型クッキー狙いだったようで。

「あー、俺のは塩味だからアンちゃんはだめですぅ。自分のを食べてくださいー」

アンちゃんはライバルの高哉が持っているものを、とりあえず欲しがるのだ。食べものはもちろん、メロンパンのスクイーズを隠したり、高哉とのくだらない攻防が毎日絶えなくて笑える。

「アンちゃんがクッキーに気を取られてるうちに、俺はチカちゃんをひとりじめする〜」

わざとらしく宣言して、高哉が周史に両手両脚を巻きつけた。高哉はふざけているつもりでも、周史のほうは身体の内側に火がついたみたいになるから焦る。いやなわけじゃないけれど、自分の感情が右往左往して身体が熱くなるのが、密着している高哉にバレそうな気がするのだ。

そんなことはお構いなしにむぎゅむぎゅと抱きつかれていると、食い気優先のアンちゃんがこちらを気にしつつおやつをしっかり完食してから飛び込んできた。

乱入してきたアンちゃんを周史が抱きとめた勢いで、みんな一緒に畳に倒れる。アンちゃんのほっぺぺろぺろ攻撃が始まると、高哉も「チカちゃんは俺のなんだからさぁ」とますますべたべたくっついてきて、周史は悲鳴を上げて笑った。

アンちゃんがいるおかげで、周史の中の不都合がうまくごまかされてうやむやになる。

「も〜っ、ふたりともめんどーっ」

高哉と周史とその間にアンちゃんと。慌ただしくも楽しい日々だ。

「洗濯物、ちゃんと畳んでください」

もう一度お願いすると、高哉が周史に抱きついたまま「わぉん」と答えた。

周史と高哉にアンちゃんが加わって、今日でちょうど一週間。何をするにも、どこへ行くにも一緒だ。海岸線をドライブするのも、こたつで映画鑑賞するのも、近所の川縁《かわべり》でお散歩するのも。周史が取材に出掛けるときは、高哉とアンちゃんが車に残って仕事が終わるのを待ったりもする。

車の窓から顔を出したふたりに「おかえり」なんて迎えられたら、いとおしくて悶《もだ》えそうだ。

「高哉、桑田さんが『畑の大根を穫《と》りにおいで』って連絡くれた」

「ってことは、直で畑に行けばいいわけね」

ちょうど取材が終わり、車でそのまま桑田さんの畑へ向かう。アンちゃんは助手席の周史の膝の上に乗って車窓の景色を眺め、ときどき「楽しいね！」というようにくるんとした目をこちらに向けるのが、たまらなくかわいい。

桑田さんの畑に着くと「どれでも好きなやつ、二本でも三本でも抜いてって」と手袋だけ渡された。畑での野菜お裾分けは、いつもセルフサービススタイルだ。

アンちゃんに見守られながら、立派に育った大根を収穫する。

高哉は「おもしろっ！」とはじめての収穫作業を楽しみ、桑田さんに「明日の収穫作業を手伝ってもらおうかな」と冗談で声をかけられると「ぜひやらせてください」と本気で返していた。

「今日いただいた大根でピクルス作ったらおいしそう」

三本もあるので、煮物やサラダにしてもまだ余りそうだ。

「あぁ、家にカリフラワーがあるから一緒に漬けたら。うちはあんまり食べないのよ」

桑田さんのご厚意で、冷蔵庫の中のものまでいただくことになった。

「その箱、俺が持ちますよ」

大根入りの重そうなダンボールを高哉がさっと抱えると、桑田のおばあちゃんが「うっかり惚《ほ》れそうな男前ね？」と笑ったから、周史はどきっとしてしまった。

——びっくりした……僕のこと言われてるのかと思った……。

一瞬、見透かされたような気がしたのだ。

高哉との生活で『うっかり惚れそう』の『うっかり』をもう何度も体感している。心がいちいち飛び跳ねたり軋《きし》んだり忙《せわ》しなくて、この情動がなんなのか自分の中ではっきりしていないのに、どうあがいても手遅れなかんじがするのだ。

——もう、惚れてる……なんて、そんなこと……。

だから他人が感じ取るほどに身体から想いが漏れているのではないか。

こんな自分を知られたくないのに、一度そんな気がするとなんだかそわそわしてくる。

通りすがりの人を好きになったところで終わりが見えてる——その意識は周史の頭の隅にいつもある。そんな戒めの杭《くい》できっちりとめているはずが、何かの拍子に外れてしまいそうだ。

「あの感じのいい優男《やさおとこ》さんは、周史くんとこにずっといるの？」

桑田さんと周史よりだいぶ前を、高哉とアンちゃんが歩いている。桑田さんにこそっと訊かれて、それについてあえて深く考えないようにしていたのだと周史はふいに気付いた。

高哉に確認したことがないから、「もうしばらく、かな」と曖昧《あいまい》に答える。

いつまでいるのかはっきりと分からないけれど、桑田さんが言うように『ずっと』でないことはたしかだ。


桑田さんからいただいたばかりの野菜をひたすら切っていく。今晩は鶏もも肉と大根の煮物にして、残りの大根はピクルスや浅漬け、味噌汁、サラダなどに使う予定だ。

「チカちゃん、ピクルス作れるんだ？　ビン詰めで売ってるのは見ても買ったことないし、飲食店で出てくるものってイメージだった」

高哉は周史の隣に立って、ビンを煮沸《しゃふつ》殺菌中の鍋を不思議そうに覗き込んでいる。

ピクルスのレシピは、ここで独り暮らしをする直前に母親から教わった。

「保存用のビンをちゃんと煮沸して、あとは材料さえあれば。野菜を詰めて、ピクルス液を流し込むだけ。わりと日持ちするし、簡単でおいしいよ」

「カリフラワーのピクルスって食べたことない……ピクルスキュウリはわりと見かけるけど」

「むしろそのピクルスキュウリが手に入らない。だから普通のきゅうりを入れちゃう」

他に準備したのはパプリカやセロリ。ミョウガやプチトマトは切らずにまるごとピクルス液に漬ける。

「野菜だったらけっこうなんでもいける。あ、あと意外とおいしいのがゆで卵」

「えっ、ゆで卵もピクルスにできるの？」

「うずらとか」

すると高哉は「あっ、うまそう。うずらの卵めちゃめちゃ好き」とテンションを上げる。

「じゃあ……今日の煮物に入れるつもりで買ったうずらを……ピクルスに入れちゃう？」

「入れちゃう入れちゃう！」

茹《ゆ》でたうずらの卵の殻《から》をふたりで剝《む》いて、ビン詰めしたところで周史ははっとした。

「……あ……卵は……」

卵は一週間ほど漬け込まないと、おいしくならないのだ。

高哉の抜糸は三日後、今週末の予定になっている。

期限を明確に意識したとたん、暗闇《くらやみ》の中に突き落とされたような感覚になり、周史はシンクのへりに手をついて自身を支えなければならなかった。

高哉がずっとここにいてくれたらいい——……でも、そんなわけはない。

今日、桑田さんに訊かれたときだって『ずっと』じゃないことはたしかだと、周史自身も分かっていたはずなのに。それをまだ認めたくない自分がいる。

「えっ、やっぱりうずらはだめ？」

高哉に無邪気に問われて、周史はますます言葉に詰まった。

三日後の抜糸のあともここにいてくれる？　いてくれたら食べさせてあげられる――喉まで出かかって、周史はただ「何言おうとしたか忘れた」とごまかした。

「……っ……高哉、先にお風呂入って。僕、他の野菜も仕込むから」

感情の昂《たかぶ》りで声が震えないように慎重に。「簡単」だと説明したばかりのピクルス作りに集中するふりをして、高哉をこの場から遠ざける。

何も気付かない彼は「できあがりが楽しみ」なんて上機嫌で、風呂場へ向かった。

しんとなった台所で、周史はビン詰めしたうずらの卵を見下ろした。

――……高哉はきっと、これを食べない。

胸がひどい火傷《やけど》を負ったようにじくじく疼《うず》く。

ちゃんと味が染みたうずらのピクルスを食べてほしいのに、高哉はその頃にはもういないかもしれない。他の野菜にしても、ひとりでは食べきれない量だ。

そのことに気付いたら、どうしようもなく苦しくなってきた。

――いやだ……。いやだ。いやだ。いやだ。いやだ！

頭の中はわがままな子どものように、その事実を否定したい言葉でいっぱいになる。

――どこにも行かないで。このままアンちゃんと三人でずっと一緒にいようよ。

ここ以外に、彼の帰る場所があるだなんて考えたくない。

とんでもない嵐が胸に巻き起こり、周史は流し台のキャビネットを背にして座り込んだ。

アンちゃんの飼い主が見つかったら、こんなにうれしいことはないと心から思える。でも高哉には、どこにも行ってほしくない。いなくなるなんて認めたくない。近いうちに高哉がここを去り、ひとりぼっちになることを想像しただけで泣きだしそうだ。

これまでに感じたことのないくらいの胸の軋みが、おまえのそれはまぎれもなく恋だ、と痛みを伴《ともな》って知らせてくる。

誰かを想う切なさというのはこういうことなんだと、生まれてはじめて実感した。

周史が彼と一緒にいるのは、『高哉がずうずうしいから』でも『ペットだから』でもない。ただごはんを食べたり、映画を観たり、ドライブしたり、彼との時間はそんな特別な理由がなくても楽しかった。心があたたかいもので満たされて、周史はそれが心地よく、もう手放したくないと強く想っているのだ。

——僕はもう一度抱かれたいって想うような恋情だけど、高哉はそうじゃない。居候の恩義と、あったとしても単純な好意なんだ、きっと。

だから奥歯を噛んで、感情の嵐が鎮《しず》まるのをじっと待つしかない。

その日、高哉のスマホにＬＩＮＥメッセージが届き、周史はいやな胸騒ぎがして、それをおそるおそる覗いてしまった。
『今どこ?』『さみしいなー』『帰ってくるの待ってるよ』
周史のもとを去って、彼が帰るべき場所はやはりあるのだ。

「アンちゃんを引き取ってもう九日だけど、これっていう情報来ないね……」

高哉《たかや》とアンちゃんと周史《ちかし》の三人で夕暮れの散歩道。周史がため息をつくと、高哉も「いろいろやってるけどな」とうなずく。ふたりとも、小さな町だからすぐに飼い主が見つかるだろうと思っていた。

アンちゃんはちゃんと躾《しつけ》られているようで、ほとんど手はかからない。最初の夜に、高哉のジャケットに粗相をしただけだ。それを思い出し笑いしたら、高哉が「何笑ってんの」と周史をつついた。

「よりによって高哉のジャケットに、しょろろ〜ってやっちゃって、あのときのアンちゃんの『ここ致しちゃだめなトコですよねっ、でもとまりませ〜んっ』って顔がさぁ……」

「トイレ用シートを買ってきて準備したの俺なのにね」

アンちゃんは軽やかな足取りで散歩を楽しみつつ、「あら、あたしのお話?」と言うように、そのつぶらな眸でこちらをちらっと振り返って見上げてくる。

「そのとぼけた表情も死ぬほどかわいい」

しっぽふりふり、まるいフォルムがいとおしい。あんまりかわいくて、周史はついでれでれしてしまう。

甘えんぼうで、くっつきたがりで、なでられるのが大好き。高哉と周史の間にアンちゃんがいて、三人でごろごろするときが最高にしあわせだ。

「あーあ。最近のチカちゃんは、アンちゃんばっかりかわいがってるよね。どう転んでもかわいさでは勝てないし、俺がチカちゃん好き好きアピールしても適当にあしらわれるしさぁ。同じペットとして妬《や》けちゃうんだけどな」

高哉がしゅんと肩を落とす小芝居をするので、周史は「あしらってるわけじゃ」と笑った。

ずっとくっついてたら恋がバレそうだから……なんて言えるわけがない。

「高哉と一緒に映画いっぱい観たよ」

「アンちゃんもいた」

「僕の車でドライブにも行ったし」

「アンちゃんもな」

「桑田《くわた》さんちの畑で、収穫作業を手伝ったり」

「そこにもアンちゃんいたし、もうそれ俺がペットとか関係なくない？」

「一緒のふとんで寝てるし、ほっぺに……キスも」

「それもアンちゃんと俺と何が違うのか分かりません〜」

周史からしたら受け取る側の意識がぜんぜん違う。アンちゃんとはたんなるスキンシップであって、高哉とのそれは愛情表現として感じ取り、とけるほどしあわせな気持ちになるからだ。

最初は、たんなる『はじめてマジック』にかかっているだけだと思っていたのに。

――出会ったときの印象がアレすぎて、そのあと何してもプラスポイントになるのずるいよ。ずうずうしくて、何をやってる人なのか謎で、やたら色気があって、悪い男かも、怖い人かもというマイナスイメージをすっかり塗り替えられた。

桑田のおじいちゃんとおばあちゃんにもやさしくて感じがいい。ふたりの重い荷物を持ってあげたり、畑仕事の休憩で貰ったおにぎりを「うまっ!」と喜んで食べたり。息子夫婦の双子の赤ちゃんにはおもしろ顔芸を見せただけでギャン泣きされていたけれど、そんなところも含めて。

――お年寄りと子どもと動物にやさしい一面を見て、やっぱりこの人が好きだなぁって思っちゃう僕が単純でバカなのかな。

高哉と出会ったときに感じた軽薄そうな印象は、いい意味で裏切られっぱなしだ。

みんなが高哉を好きになることまで、なんだかうれしくなる。彼を好きになるのはちっともおかしなことじゃないよ、と背中を押されているような気がするからだろうか。

何をするにも一緒で、同じふとんで寝て、心まであたたまるような彼のぬくもりを覚えてしまった。ペットを自称する彼にすっかり懐いているのは、むしろ自分のほうだ。

——僕が勝手に特別なものとして感じてるだけ。高哉のほうはそういうつもりで一緒に寝てるわけでも、スキンシップしてくるわけでもないんだろうけど。

どきどきしてしまう。そわそわしてしまう。朝、目覚めたときに高哉が傍にいてくれることにほっとする。それからふたりの足元や、おなかの間の辺りにアンちゃんがいて。そういうもののすべてが、これまでの人生で感じたことのないほどの至高のしあわせだった。

しかし、いくらしあわせを感じてもそれは泡沫《うたかた》みたいなもので、「これはすべていつかなくなってしまうものだ」という、目の前が真っ暗になるほどの現実がある。

「飼い主が……捨てたのかもしれないよ」

周史が物思いに耽《ふけ》っていると、土手に並んで座る高哉がぽつりとこぼした。アンちゃんは少し離れたリードの先の、背の低い草のところでぴょんぴょん跳ねて遊んでいる。

これまでに幾度《いくど》となく周史もそう思ったが、言葉にしたことはなかった。それを声に出して言うと現実になってしまいそうで、怖かったのだ。アンちゃんが捨てられていたなんて信じたくない。

「……捨てられたなら、帰るところがないなら、僕が飼ってもいい」

「動物は先に死ぬから、いやって言ってたのに？」

「一度傍に置いたら、そういうわけにいかないよ。それにアンちゃん、すごくかわいい」

しあわせを感じさせてくれているすべてがなくなるのはつらい。だったらせめて、アンちゃんだけでも傍にいてくれないかな、と思ってしまう。小さな犬にそんなエゴだらけの想いを背負わせるのは、酷《ひど》いことかもしれないけれど。

アンちゃんが来て九日が経ってしまったということは、つまり、高哉の抜糸もその分近付いているということ。月末の金曜日となる明日が、その予定日だ。

高哉は「ペットになる」と言って今は周史の傍にいるが、いずれここからいなくなることは分かっている。それはもう確実に。

「……高哉はいなくなるだろうけど、飼えばアンちゃんは傍にいてくれるしね」

ほとんど無意識に口を滑《すべ》らせてしまい、周史ははっとした。

――ひとりが気楽だって言ってたのに。これじゃ辻褄《つじつま》が合わない。

しかし高哉は周史がこぼした言葉の齟齬《そご》について突っ込んでこない。

さみしがっていると思われたくないから、周史は抱え込んだひざに顔を埋めたくなるのをこらえて、飛び跳ねて遊ぶアンちゃんをまっすぐに見据えた。

――この人は、僕をただ楽しませるために『今だけ気持ちよくする言葉』は言わないんだ。だって最初からそんなつもりがないから。……だったら、そのほうがいい。

ここ数日の間に、高哉のスマホにＬＩＮＥメッセージがいくつか届いた。通知音が鳴るたびに、例の『帰ってくるの待ってるよ』などとメッセージを送ってきた『トワダジュン』という人からなんじゃないかと気になってしかたなかった。

高哉に「見てしまった」なんて言えないから、自分の中でなんとか折り合いをつけるしかない。

ピンクのリボンをつけたトイプードルのアイコンで、見た瞬間は女の人だと思ったけれど、男の友だちや仕事仲間かもしれない。

でもどういう関係だとしても、彼には帰るところがある。連絡先を交換したあの東京の住所で、もしかすると彼女とあのかわいい犬が待っているのかもしれない。

息を殺して、飛び出しそうな想いを閉じ込める。自分の気持ちを高哉に伝えたところでなんにもならない。きっと時が経てば、そんなこともあったな、と片付けられるくらいの思い出になる。

長い人生のたった一、二週間ほどの時間なんて、吹けば飛ぶくらいに短いものだ。


土手の散歩から帰ったら、急展開が待っていた。

家の前に知らない車と累人《るいと》の宅配便のトラックが停まっている。

「周史！」

累人が手をあげた背後から顔を出した女性が「きょんちゃん！」と叫ぶと、アンちゃんが

リードを引きちぎらんばかりの勢いで走り出そうとした。

周史は慌てて屈《かが》み、アンちゃんの首輪につないでいたリードのフックを外した。アンちゃんは女性のもとに全速力で走って行ってそのまま腕に飛び込むと、彼女に抱きかかえられる。

なんだか夢を見ているような茫然とした心地で、周史はその場に立ち尽くした。

夕暮れの風景が、目に焼きついた。


アンちゃんのために買ったトイレ用シートとドッグフードを、飼い主の女性に「お使いでしたら、どうぞ」と一緒に持って帰ってもらった。

アンちゃんが帰ったあと、累人が経緯《けいい》を話してくれた。累人も当初からビラ配りに協力してくれていて、配達先で「知り合いの犬に似てるかも」という人に遭遇《そうぐう》したらしい。アンちゃんが十キロも離れた町からどうやってここへ来たのかは分からないが、とにかく無事に家に帰れたのは本当に良かったと心から思う。飼い主の女性も泣いて喜んでいた。

累人から連絡を貰ったらしい桑田のおじいちゃんからもお礼の電話があった。

それにしても家の中から犬が一匹減っただけで、こんなにさみしくなるものだろうか。たった九日間だけどずっと一緒にいたから、自分でも信じられないくらいに情が移っていたらしい。家の中のどこを見てもアンちゃんの姿を思い出してしまって、たまらない気持ちになる。

「ビラを配ったところにも、飼い主さんが見つかったって連絡しなきゃね。あ、夕飯、何食べる？　いいことあったし、なんかおいしいもの食べたいね」

湿っぽくはしたくなくて声のトーンを上げるから、どこか不自然だ。

そのときふいに、高哉が手をつないできた。今、ぬくもりとかやさしさを感じるのはまずい。

「無理しなくていいよ。泣きたいくらいでしょ」

そう問われる傍から、目に涙がたまってくる。奥歯を噛んでも、ますます。

「いいよ、泣いて。俺もなんか、そんなかんじ」

そのままそっと抱きしめられて、周史も高哉の背中に両手を回した。彼のきれいな青色のシャツに、熱い涙が染み込んでいく。

「バイバイのとき、アンちゃんちっともこっち見てなかったよな。アンちゃん、本名は『きょんちゃん』だったな。そう言われればたしかに『きょんちゃん』って顔してる」

高哉に髪をなでられ、彼の肩に顔をすりつけながら周史は「そうだね」と笑った。

これは、さよならのさみしさ。だってかわいくていとしくて、大好きになっていたから。

――高哉までいなくなったら、僕はどうなっちゃうんだろう？

足元に大きな穴がぽっかりとあいて、奈落の底に引きずり落とされるようだ。

こうならないよう、もっと早くに手放すべきだったのではないだろうか。

いや、すでに手遅れだ。今すぐここから出て行ってくれと、もっと早くに追い出すべきだった。ペットごっこなんて始めなければよかった。たった一回でも、セックスなんてしなければよかった。そもそも言われるままに泊めたのが間違いだ。どうしてあの最初のときに、非情だろうとなんだろうと、突き放さなかったのだろうか。

何度でもそうするチャンスはあったのに、一度たりとも、周史はこの手を放さずにいた。

——だって、そんなふうにぜんぜん思わなかったから。

彼としたことは、ぜんぶしあわせだった。それは否定できない事実だ。

だけどどんなに想っていたとしても結局いなくなる人に、何を期待しているのだろう。

「俺……このままここにいたいな」

寝物語みたいな高哉のつぶやきで、周史は我に返った。

高哉にだけは、そんなことを言ってほしくない。最後まで、冗談でも言わないだろうと思っていたのに——……それまでふつふつと燻《くすぶ》っていた感情はいっぺんに憤《いきどお》りに変わる。

一瞬でも喜んでしまいそうだった、ばかな自分に腹が立つ。彼だけが、心をこんなに掻き乱すから、だから軽い気持ちで言ってほしくない。

周史は腕を突っぱねて高哉から離れた。

「チカちゃん?」

「さわらないで。ほんとに」

手を伸ばしてくる高哉を振り払い、もう一度「さわらないでください」と繰り返す。

高哉に冷たくするのは筋違いなのに、感情の落とし所が分からなくて撥《は》ねのけるしかない。彼の顔も見ずに後退《あとずさ》って高哉から距離を取り、周史はそのまま台所へ向かった。

「そうだ、夕飯をまだ決めてなかった……あ、あした最後の金曜日で、抜糸ですよね。抜糸が終わったら……」

次はどこへ行くんですか？　それとも東京へ帰るんですか？

喉まで出かかるけれど、聞きたくなくて声にならない。

「ごはん適当に作るんで、お風呂、先に入っちゃってください」

明るい声を出しているつもりでも、実際にそうできたのかは分からなかった。

ペットごっこはもう終わり。

だから夕飯はいつものドッグフード容器を使わない和風パスタ、サラダ用の取り皿も普通の陶器をテーブルに置いた。

会話のない夕食を終え、周史《ちかし》は風呂から戻ったあと、こたつの角を挟んでいつもの位置に腰を下ろした。テレビに目を向けていれば、高哉《たかや》の姿は視界に入らない。

しかし、見ないほうがよけいに高哉を強く意識した。目線はテレビに向いていても、番組の内容がちっとも頭に入ってこない。

息苦しさに耐えきれなくなる寸前、高哉に「チカちゃん」と呼ばれた。

「テレビ見てないよね。ちょっと話したいんだけど、今」

周史が了解もしないうちにテレビの電源を落とされる。

いつもの軽い口調じゃなかったから、周史も緊張の面持《おもも》ちで身体ごと高哉のほうを向いた。

高哉の表情はこれまでと違って硬い。

「……抜糸が終わったら東京に帰ろうと思う」

いずれそうなると分かっていたことなのに、実際に彼の口から伝えられると大きな衝撃だった。変な態度にならないようにという意に反して、周史の身体はびくっと揺れる。

「あ……そう、そうですか」

緊張を嚥下し、無理な笑みを浮かべた。だって悲しい顔なんてしたくない。

それに対し、何かを見抜くような目で高哉に見据えられる。

「俺はチカちゃんのことで、どうしても分かんなくて、ずっと引っかかってることがあって。なんかそれって、重要なファクターな気がするんだ。チカちゃんは性指向を知られたくないから『狭いコミュニティで必要以上のつきあいは誰ともしたくない』って言ってたけど、それ以上に周りをシャットアウトしちゃうのはなんでだろって……」

核心を衝く問いに、周史は眸をゆらりと大きく揺らした。

「一見するとうまく人づきあいしてるし、桑田《くわた》さん一家にもかわいがられてるのに……桑田さんちに上がったことないんだよね？　桑田さんがキムチを持ってきてくれたり、野菜を穫りにおいでって誘ってくれたり。でもこの家にも当然、他人を入れない。俺はそういうの知らなくて、ずかずか上がり込んだわけだけど」

周史は表情すらつくれなくなり、ついに俯いた。

「立ち入ったこと訊いて悪いなって思う。でも、このままサヨナラもしたくない。俺のずうずうしさのせいにして、チカちゃんの中に詰まってること、話してくれたらいいなって」

真剣な高哉の言葉にしばらく黙していた周史はやがて顔を上げ、「ほんとずうずうしい」と少し困ったように笑った。

恋人でも親類でもない通りすがりの人に、自分の内側をさらけ出す必要なんてない。このまま終わってしまう関係なら、身の上話なんて煩《わずら》わしいだけ。彼だって訊く必要はないのだ。

――でも知りたいって……思ってくれてる？　高哉は受けとめてくれる？

短い沈黙のあと、周史はすっと顔を上げた。彼に明かすことを、そう長く悩まなかった。

「こっちの人……花房《はなぶさ》の人は誰も知らないことなんだけど……」

周史が緊張から言い淀むと、高哉は「俺は誰にも言わないよ」と先に約束してくれた。そんなことを心配したわけじゃないが、周史は小さくうなずいて、おもむろに口を開いた。

「藤島芳明《ふじしまよしあき》、仁谷映月《にたにはづき》って、ご存じですか」

「……あぁ、俳優さんの。ご存じも何も、知らない人のほうが少ないでしょ。そのふたり、夫婦だよね。仁谷映月はちょうど朝ドラに出てるし、藤島芳明は昔から正統派の二枚目俳優で映画にもよく……」

「……僕の両親です」

高哉は二秒ほど唖然として「ええっ？」と大きな声を上げた。

「えっ、じゃあっ、待って……チカちゃんって『ときめきサイダー』の子っ⁉」

びっくりしながら高哉に指をさされ、周史は顔を険しくする。有名芸能人の息子が目の前にいるからということではなく、別の驚きだと分かったからだ。

当時五歳だった周史は、しゅわしゅわ弾けるサイダーを飲んで「ときめくぅ～」と叫ぶＣＭで話題になった。もう二十年も前のＣＭだ。

「……ど……うして、それを、知ってるんですか。あのＣＭに出た僕がふたりの子どもだっていうのは、世間的には伏せられてたはずなんですけど」

高哉は「まずい」という表情で、明らかに狼狽《ろうばい》している。周史は「もしかして業界の人？」といっそう顔を引き攣《つ》らせた。

「いやっ、あ、あの、違う、違うけど、違わないような、でも違うから！　俺が何者であっても、最初に言ったとおり他言はしない。約束する」

そう言われても、そのうろたえ方、裏事情を知っているあたりからして、業界関係者だと肯定しているようなものだ。

「俺についてはさておき。チカちゃんは自分が芸能人の息子だってことを伏せてるわけだろ？その当時、大人に傷つけられたり、いやな目に遭《あ》ったり、逃げたくなるほどの何かがあったとかなら、無理して話さなくてもいいからね」

高哉の慌てぶりから、事実以上のことを彼が懸念しているような気がして、周史は首を横に振った。

「いやなことがあったわけじゃ、ないです。CMに出たのも、あの一本だけだったし」

するとと高哉は明らかにほっとしたように肩の緊張をといた。

「僕は、わりと早くから自分がゲイだって自覚があって、僕のこれがバレないようにしなきゃとずっと思ってました。芸能界っていう、いつ、どんなことで、どうなるか分からない世界で、まさに命がけで生きてる両親に迷惑をかけたくなくて……」

「一瞬でも芸能界に関わって、ご両親の仕事や置かれた立場を、チカちゃんはいちばん間近で見てきたから……かな」

周史はこくりとうなずいた。両親を思いやるあまりに「僕のこれはバレてはいけない」「両親を破滅させるかもしれないいくらい悪いことなんだ」と先回りしてしまったのだ。

「両親も、僕がゲイだとは知らないから……誰かに『隠れて生きろ』って言われたわけでもなくて、僕が勝手にそうしてるんです。じゃないと、僕自身が安心できない」

誰に責められたわけでもないのだから、考えすぎだと嗤《わら》われそうだが。

思春期にひとり思い詰めて、それを抱えたまま大人になった。

「ここで生活するようになって、やっと、ちょっと普通に、息ができたんです。だから僕はこの居場所をなくしたくない。東京は、いつもどこかから、誰かが見てるぞってかんじがして、僕はうまく隠れられないから。厄介《やっかい》な性格でしょ？　ほんとにちょっと自意識過剰《かじょう》なんですよ。分かってもらえないと思うけど……」

この町と、この町で知り合った人たちが好きで、大切な関係をなくしたくないから、距離を保つのがいちばんラクだったのだ。

「チカちゃんの本当の苦しみは、誰にも分からないよ。俺だって『分かるよ』なんて言えないし。でも、俺は話を聞いた上で、『それでいいんじゃないかな』ってチカちゃんに言える。ここでちゃんと呼吸して、こうして自立して生活してるんだから。それでいいと思うよ」

自分でも自分のことを面倒くさい性格だなと思うことがあるくらいだ。高哉みたいに自由な生き方をしていそうな人には、理解してもらえないだろうと感じていた。

——それでいい、って言ってくれた。

周史は茫然としていたものの、表情をゆるめて小さく「ありがとう」とつぶやいた。

すると高哉が少してれながら、何か言いたげにしている。

「あ、あの……でもさぁ、変な噂《うわさ》にならないように用心するにしても、恋愛は、してもいいんじゃないかな……と思うよ？」

仕方ないことだけど、彼の他人事《ひとごと》みたいな言い方に胸がずきんとした。

「どこで誰と出会うっていうんですか。どこでどういうふうに、誰と誰がつながってるのか分からないのに……怖いじゃないですか」

実際、避けてきたはずの業界関係者とこうして花房で出会っている事実が目の前にある。

「……恋のお相手は口が堅い人だったらいいんじゃないかな。俺みたいに」

つけ加えられた最後の言葉を、聞き逃してしまいそうだった。

——……恋の相手？　それに高哉が自分自身をおすすめしてる？

驚いた周史は咄嗟《とっさ》に「口は堅いかもしれないけど、軽そう……」と言い返してしまった。

「軽くないし！　えっ、なんでかな。見た目？　俺の顔がだめ？」

「……最初会ったときから……軽薄そうな印象で」

高哉が思いきり顔をしかめた。

「その悪印象が好転してないってこと？　チカちゃんに気に入られたくて、けっこうごりごりに好意をアピールしたのに。それに……俺が、このままここにいたいって言ったの、冗談なんかじゃないよ」

「抜糸が終わったら東京に帰るって、さっき、そっちが言ったんじゃないですか……」

あからさまに拗《す》ねた口調になってしまい、周史はくちびるを引き結んだ。

もうすぐいなくなる人が何を言うのか。からかっているのかというようなタイミングの、高哉の思わせぶりな発言に、いとも簡単に一喜一憂《いっきいちゆう》してしまう。そんな自分の感情をどう処理したらいいのか分からない。

「だけど、それはっ……」

高哉が何かを言いかけたとき、テーブルに置いていたスマホのＬＩＮＥ通知音が鳴った。ふたりしてその画面を見る。通知音が三件、続いた。

『いつ帰ってくる?』『既読無視、未読無視するな〜』『分かった。浮気だ』

もしかしてこのLINEの相手は男友だちかも、と自分をなんとか宥《なだ》めていたのに。収めようにも収まらない、制御できない感情が噴出し、周史は顔を険しくした。

「……チカちゃん?」

好きだから悲しい。好きだから腹が立つのだ。周史は歯を食いしばり、むっと睨《にら》んだ。

「……僕みたいな恋愛慣れしていない世間知らずのばかをひっかけて、あっちにへらへら、こっちにふらふらしてるんですか。ペットごっこなんてして、もてあそんで、いい気分にさせておいて『でも俺は帰らなきゃいけない』みたいな。何それ! ヤリチンの旅烏《たびがらす》ですか」

いっきに捲《まく》し立《た》てたあと、彼の「いや、違う」が説得力ゼロの弁解にしか聞こえない。

「チカちゃん、なんか誤解してるよね」

「何が? だってこの人、この間からばんばんLINEしてきてるんじゃないんですか? そんなつもりなかったけど、一回だけ見えちゃったんですよ、『今どこ?』『さみしいなー』『帰ってくるの待ってるよ』って。あなたの帰りを待ってる人がいるのに、LINE無視して、でれでれとペットごっこして遊んでるとか、人としてどうなんだろっ」

「え、ご、ごめんなさい」

責められたら謝るなんて、打つ手がなくなったからとうとう非を認めたのだと感じた。ますます怒りの火に油を注がれた気分だ。周史は「僕じゃなくて、彼女に謝ったらいいいんじゃないですか」ととうとう言ってしまった。

「彼女？」

それに対して今度は高哉が困惑しているが、この期《ご》に及んでとぼけるつもりなのか。

「その『トワダジュン』って人。帰りを待ってる彼女と犬がいるのに、ぼ、僕に『このままここにいたい』なんて、なんか、ほんっと最低だな」

「さっ、最低って……違うから！　それ男だし！」

「え……じゃあ、もともとゲイだったたってこと？　『ゲイかどうか考えたこともないくらいのヘテロ』って言ってたくせに」

「待って。ほんとに待って。チカちゃん、何もかも誤解してる！」

すると高哉が慌ててスマホのブラウザで、あるサイトを開き、それを周史に見せてきた。

「その会社概要《がいよう》の、スタッフのところ、ご確認ください」

周史は受け取ったスマホの画面をスクロールさせ、じっと凝視《ぎょうし》する。

「CM制作会社『Ｆｉｒｅｗｏｒｋｓ　Ａｃｔ』、プロデューサー兼ディレクターの十和田准《とわだじゅん》、その横が、CMプランナーの俺ね。准とその会社を一緒にやってる。仕事の相棒で、親友です。あ、彼は結婚してるし。あのＬＩＮＥのアイコンのトイプーは夫婦で飼ってる犬な」

会社のサイトにはふたりとも顔写真が掲載されているので、偽《いつわ》りようがない。

——高哉の帰りを待っているような恋人ではない……。相棒で、親友……。

ふたりとも華々しい経歴があり、CM制作会社の実績として、テレビでよく目にする大手の有名なコマーシャル、ミュージックビデオなどがいくつもあがっている。

周史は気まずい面持《おもも》ちで、スマホをそっと高哉に返した。

「誤解、とけたかな。だから『分かった。浮気だ』っていうのは准の冗談。俺の仕事がうまくいかなくて、スランプでぼろぼろで……だからストレスで飛ばないように『しばらく仕事のことは忘れて思いきり遊べ！　やったことない経験をしてこい！』って、半月ほど休ませてくれてるんだ。その間、きっとずっと心配かけてる。だからこれも、あいつなりの気遣い」

「……ほんとにただの休暇だったんですか……」

「二十九歳ではじめて、仕事中毒な人生をお休み中です。休み方が分からないっていうか、仕事休むの、怖かったんだよね。誰かになんか言われたわけでもないのに、ずっと走ってないと、ライバルに席を取られるんじゃないかって。つまり俺も、自意識過剰だったのかも」

笑う高哉につられて、周史も頬をゆるめた。

思い返せば、出会った頃のどこか気だるい雰囲気は、心が疲れていた部分も少なからずあったのかもしれない。今周史の目の前にいる高哉は、そんな悩みをまったく感じさせないが。

「チカちゃんとここで過ごしたおかげで元気になったと思う。山の空気を吸って、土をさわって、海風に当たって『生きてる！』ってかんじ。この辺の人たちみんなやさしいし、チカちゃんのごはんはおいしいし」

「たいしたもの作ってないよ。煮物とか、なんかそんな、普通のごはんばっかり」

「ううん。あたたかくて、やさしい味がした。東京ではひとりでコンビニメシ、冷えた惣菜《そうざい》、外食のローテで、頭の中はいつも仕事のことでぱんぱんになってて、味わって食べるとか、そういう生活じゃなかったんだよね。『仕事一本くらい棒に振ってでも今は休まなきゃだめだ』って、准の言うとおりだった。これまでの自分の生き方を振り返って反省した」

周史が「やさしい相方さんなんですね……」と返すと、高哉はうれしそうにうなずく。

「……すみません……さっき、言い過ぎました。『帰る』って言われて、いじけて……」

周史がしおしおと謝ると、「黙ってた俺が悪いんだ」と宥められた。

「知らない土地で仕事を忘れて遊ぶ、無茶をやってみるっていう放浪だったから、あれこれ内情を語るのを避けてた。で、今こうして話すことが正解なのかも分からない。チカちゃんが業界関係者とぜったい絡みたくないなら、俺もアウトじゃん」

たしかに、芸能情報、しかも裏事情まで耳に入るような、いちばん関わりたくない業界の人だ。東京から逃げてきたのに、よりによって好きになってしまったのが彼だなんて。

「チカちゃんは、どうして俺にぜんぶ話してくれたの？」

本当に高哉を信用していなかったら、この場の関係で終わらせたいのなら、秘密を打ち明けることなく「さよなら」とだけ言えばよかった。

問いかけに対し周史はしばらく俯いていたけれど、決心して顔を上げた。

「高哉なら……『それでもいいよ』って言ってくれるんじゃないかって……僕のこういう面倒くさいところもぜんぶ分かった上で、受けとめてくれそうな気がして……。だって……」

どくどくと胸が高鳴る。はじめて人に自分の想いを言葉にして伝えるのだ。

「好きだから……好きな人には分かってもらいたいし、受けとめてほしいって思うから」

縋《すが》るのではなく、「受け入れてほしい！」と強く願って訴える。

すると高哉は周史の手を取ってほほえんだ。

「受けとめさせて」

彼の本当のやさしさが滲《にじ》む言葉だと思う。

好きな人に受けとめてもらえる——その歓びでいっぱいになった頃、つないだ手をほんの少し引かれて、周史は高哉の腕の中に飛び込んだ。

しっかりと抱かれて、どきどきするというより、なんだかほっとした気持ちになる。

「このままここにいたいっていうのも本心だけど、充電できたから、東京に戻って仕事がしたいって思ったんだ。仕事もがんばるけど、チカちゃんにも会いたいし、俺の想いを信じてもらうために片道三時間、何度だって通うって勝手に決意してた」

「僕はあなたに何もしてないけど……ちゃんと充電できたんですか？」

「チカちゃんと過ごした時間ぜんぶ、しあわせだったよ。今の仕事、最初は遊びとか趣味がもとで、その当時のわくわくする感覚とか気持ちとか……忘れてただいじなことも思い出した。

仕事に追われるばっかりじゃなくて、もっと自分のために楽しまなきゃな」

「ペットごっこなんてして、『わんわん』ってじゃれつくだけじゃなかったんだ？」

「二十九年の人生で経験したことないくらいのばかを、やってみたかったんだよ」

周史は高哉の胸に顔を寄せたまま、アンちゃんを交えた生活などいろいろ思い出して笑った。

いつかなるときも、いい大人でいなきゃ、なんてつまらない。

「一緒に楽しめる相手がいるなら、いいんじゃないかな……。僕もすごく楽しかった。ひとりだったら、高哉としたことぜんぶ、知らないままだったと思う」

「出会ったばかりの人に『泊めてくれ』なんてお願いして、えっちしたのもはじめてだったし」

「僕だって、あんなこと……高哉じゃなかったらしてないよ」

胸にくっついていたら、周史は肩を摑まれそっと離された。間近で目が合うとなんだかてれくさい。

「僕があなたに惹かれるのは『キスもぜんぶ、はじめてだったからなんだろうな』って思ってた。最初はずうずうしくて軽薄な人に見えたけど、一緒にいたらそんな人じゃないって分かったし、どんどん……好きになってしまって、とまんなくて」

恋愛ってどうやって誰とするんだろうと思うほど、縁遠いものだった。だからはじめてできた好きな人にちゃんと「好き」と伝えられるのは、周史からすると奇跡みたいだ。

「俺は『ペットだからえっちはしない』なんて言わなきゃよかった、って思いながら我慢してた。行きずりえっち同然なことした俺が言うなってかんじだけど、チカちゃんをセフレみたいに扱いたくなかったんだ。そう思わせたくなかったし」

「……高哉はもうしたくないから、そう言ったんだろうなって……」

一度きりなら『間違いだった』で済ませられる。つまり高哉はそういうことにしたいのだと、周史は思っていた。

「チカちゃんのこと、ほんとに好きになったから。身体だけじゃなくて、心もちゃんとつながっていたい。チカちゃんとは、そういうふうにしたい」

真剣に想ってくれていることが伝わって、感激と安堵《あんど》がない交ぜになる。

周史は昂《たかぶ》る気持ちを抑えられなくなり、高哉の胸にたまらず再び抱きついた。高哉もすぐに抱き返してくれて、腹の底から突き上げるような強烈な衝動が起こる。

頭の中が「好き」でいっぱいになり、周史は身を捩《よじ》った。

「チカちゃん？」

「……したくて、たまんない」

吐き出す自分の呼気が熱い。服の布地を通して、高哉の素肌にまで伝わってしまいそうだ。

高哉が「うぅ……」と唸《うな》ったかと思うと、腕の中にいた周史を上向かせてくちづけてきた。抱き潰《つぶ》されそうな気がするくらいきつく抱擁《ほうよう》されて、その力強さにときめいてしまう。

高哉に抱きしめられたまま、畳に押し倒された。舌を絡め合うキスをしながら、いきなり下衣を引き下ろされる。興奮もあらわな息遣いで少し乱暴なくらいにされて、普段は温和な高哉が余裕をなくしていることに、周史はいっそう煽《あお》られた。

「あの、最初のときに使ったオイル、どこ」

高哉に低い声で問われて、どきっとする。周史はあまりのいたたまれなさに目を逸《そ》らした。

「あ……あ、お、お風呂に」

「風呂っ？」

高哉にはいつも、恥ずかしいことばかりバレてしまう。

「……う……あの……、さっき……ひとりで」

反応をちらっと窺うと、高哉が目を瞬かせている。

「……したの？」

「だ、だってっ、あした抜糸が終わったら高哉はいなくなるだろうから、高哉がうちのお風呂に入るのは今日が最後だって思ったら……我慢できなくて。……高哉としたあと、ずっとうしろはしてなかったし……」

周史はたまらず両手で顔を覆い、「気持ち悪くてすみません」ともぞもぞ謝った。

「俺を風呂に呼びつけてそう言ってくれたらよかったのにな、って思ってる」

この上なくやさしいフォローだけど、恥ずかしさはぜんぜん薄れない。

「言えるわけない……」

「うしろは、ってことは、オナニーはしてたんだ？　毎日同じふとんで寝てたし、俺に隠れてどこでしてたの？」

いじわるに問う高哉は楽しそうだ。身の置き所がないというのに、さらに煽られる。

「そんなの、お風呂しかないでしょ」

顔を隠していた両手を摑まれ、高哉に間近で覗かれた。

「また今度、俺の目の前でアナニーでイくとこ見せて。あれほんとにえろくて興奮した」

あのはじめての日のことを思い出しながらこっそり自慰《じい》をしていたことも、高哉にはなんとなくバレているかもしれない。

何度も妄想の中で反芻《はんすう》するしかなかったけれど、これから現実で抱かれるんだと思うとたまらず、周史は目を瞑《つぶ》ってぶるっと身を震わせた。だらしない顔をしている気がして、腕で目元まで隠す。

「……指でしたから、柔らかいはずだから、あの……もう、今すぐ挿れてほしい……」

こんな言い方で誘って、高哉は引かないだろうか。呆れないだろうか。

「いつになったらちゃんと前戯《ぜんぎ》から、一から俺にさせてくれんの」

高哉の問いかけに、周史は腕をはずし、まぶたを開けた。

「手っ取り早く気持ちよくなりたいわけじゃなくて、お互いの愛を確かめあう行為なんだから、だんだん盛り上がっていく過程を俺も一緒に楽しませてよ」

高哉の甘いほほえみがそこにあって、周史はきゅんとしてしまう。

「畳でこすれるとチカちゃんが痛いから、おふとん敷こっか。で、お風呂でこっそり使ったオイル、どこに隠してるのか俺は分かんないし取ってきてくれる?」

何度もからかわれて困っていると、高哉は周史のくちびるにキスをくれた。

恋ってどういう気持ちだろう、どこへ行けば相手と出会えるのかな、男の人とするのってどんなかんじなんだろう、とか。少し前までは知らないことだらけだった。

でももう今は、恋する気持ちも、恋人を想って想われるしあわせも、ちゃんと分かる。目が合ってキスしてほしくなったら、その気持ちが伝わったみたいに高哉《たかや》がそうしてくれた。

キスをしながら、意識は下へ。周史《ちかし》の中で高哉の指が探るような動きをする。自慰のときと同じところを同じように彼の指でされるのに、そこから湧く快感がもっとずっと濃い気がした。弄られているところ以外も、身体のあちこちがきゅんとする。ざわざわ、むずむずして、たまらない。

「俺の指のほうがチカちゃんよりちょっと長いよね。それにアナニーするときは手首が邪魔して、こんなふうに根元までうまく入んないでしょ」

「っん……」

こんなふうに、と指の腹で奥の壁をくすぐられ、周史はつま先をびくっと突っ張らせた。

「……あ、ここ好き？」

小さな反応を見逃さずに今度はそこを丁寧にこすり上げられる。周史は「そこ、もっと」と、甘えたい気持ちいっぱいで高哉の胸に顔を押しつけた。高哉はそんな周史の肩を抱き寄せて、耳朶や蟀谷《こめかみ》や首筋に、彼のくちびるや舌、顔をすりつけてかわいがってくれる。そんなふれあいのひとつひとつもうれしくて、しあわせだ。

「なんか……指も気持ちいい」

そうつぶやいたのは周史ではなく、高哉だった。周史が不思議そうに見上げると、彼は周史に顔を寄せてひたいや頬にキスをくれる。

「俺の指をきゅうって締めつけたり、しゃぶるみたいな動きするから……それが俺も気持ちいいんだよね」

周史は愛撫される側だけが気持ちいいものと思っていたけれど、高哉は楽しそうだ。

「チカちゃん……我慢してたけど、挿れたくなってきた」

そっと高哉のものに手を伸ばして確かめると、そこは硬くずっしりとしていて、周史もいっぺんに頭が沸騰《ふっとう》しそうになった。「俺も指くらい挿れさせて」とお願いされておあずけをくらっていたし、早くこれを挿れてほしくてたまらない。

「……オイルじゃなくて、僕の口で濡らしてもいい？」

最初のとき周史が言い方を失敗して、「女の代わりにしたいわけじゃない」とさせてもらえなかった。本当は口淫《こういん》にも興味があって、してみたかったのだ。

「チカちゃん、口でされたことないんだよね？」

「……こういう経験全般、なかったから」

「じゃあ俺がしてあげる。先にさせて」

周史がおろおろする間に、高哉のほうが行動に移した。

「まぁ、俺もしたことないんだけど。へたくそだったらごめん」

「へ……あっ……！」

敏感な先っぽをしゃぶられて、気持ちいいという性感よりまず刺激が来る。緊張と驚きで身を硬くしていると、ふとんに突っ張っている周史のこぶしを、高哉がよしよしとなでてくれた。その指と指を絡めてつなぐ。

ようやく落ち着いたところで、じゅるっと音を立てて吸われ、今度は強烈な快感に身をこわばらせた。高哉が上目遣いでこちらを見てくる。周史の表情がとろけていくのをまじまじと確認され、口淫をいっそう深くされた。

周史は快楽に呑まれそうになりながら、潤んだ眸でその行為から目が離せない。どういうふうにされたら気持ちいいのか知りたいし、どんなふうに彼が自分を愛してくれているのか、余すところなく見ておきたい。

上顎《うわあご》に先端がずるんとすべり、裏筋がこすれたとき、背筋にいちだんと甘美な痺《しび》れが走った。

「あ……あっ……た、高哉、……まだ出したくない」

気持ちいいけれど、早く彼とつながりたい。

「中イキしたい？」

問われて、周史は耳まで熱くしながらうなずいた。

今度は僕の番、と周史は高哉をふとんに押し倒した。

一度だけ受け入れたことのある、彼のペニスだ。あのときは明確な恋心なんてなくて、彼自身に対してより性への興味が勝っていた。今は高哉を好きだから、自分がされて気持ちよかったから、同じようにしてあげたいと思う。

高哉をまねて、周史も舌、頬の内側、上顎、下顎と、ぜんぶを使って彼のペニスを一途に愛撫した。硬いペニスと口内の粘膜がこすれると、周史自身も背筋がぞくぞくしてしまう。

周史の耳に高哉の乱れた息遣いが届いた。ちらりと目線を上げると、高哉は目を瞑り、薄く口を開けている。その表情が色っぽくて、気持ちよさそうで、うれしい。

まぶたを上げた高哉が周史の髪をなでながら「気持ちい……じょうず」と褒めてくれた。

「……チカちゃん、やらしいのが先っぽから垂れてる」

横から覗いた高哉がそのまま身体を倒し、周史の股間《こかん》に顔を寄せてくる。

とろとろと溢れる淫蜜を啜《すす》られたら腰が抜けた。なりゆきで互いを口淫し合うかたちになっていることに興奮する。

「なんか、この先走りすらいとおしいよ。俺としたくてたまんない、ってことだろ」

高哉はそう言って身を起こし、周史をふとんに横たえて重なった。

「俺も限界。挿れたくてたまんない」

そうつぶやいて周史の脚を摑んで開かせ、オイルで窄《すぼ》まりを濡らすと硬い先端を宛がった。

「チカちゃん、イメージして。俺のを、ここで吞みこんで、しゃぶるみたいに……」

「……っ……」

ぬぷんっと沈む感覚に驚いて、一瞬身体がそれを追い出しそうになる。でも高哉に言われたとおり、彼のペニスをそこで吞み込むように、しゃぶるように意識した。

「……んぅっ……」

腰を進め、高哉が絞った喉の奥から色っぽい声を上げる。それから感じ入るような深いため息をついた。それがどういう反応なのか、周史は気になって仕方ない。

「んー……チカちゃん、……気持ちい……」

切なげな表情でつぶやく高哉はまた目を瞑って、周史の中を味わうようにねっとりと腰を遣い、ゆるやかに搔き回してくる。まだ物慣れない周史を気遣うように、緩慢《かんまん》でやさしい動きだ。

でもこれが、あとから大きな波を連れてくる。

「……あっ……！」

硬茎で後孔の内襞ぜんぶを舐め上げるようにして、深く入ってきた。覚えのある快感がそこから湧き上がり、その瞬間、高哉がどうなのかということより、自分の快感を求めることで頭がいっぱいになる。

「——っ、はっ……っ……」

「チカちゃんも、気持ちいいのきそう？　このまま突かれたい？　揺らしてほしい？」

「ゆ、揺らして、ほしぃっ……」

はじめてのときにしてくれたみたいに、奥に嵌《は》められて、ぎゅっと抱擁《ほうよう》されながら揺らされたい。今度はお互いに想い合っている中で、あのしあわせを感じられたらうれしい。

「いいよ。おいで」

高哉がぴったりと覆い被さり、周史も彼の背中に両腕を回して、身動きできないほどホールドされる。くちづけられ、かわいがられて、愛されているのを感じる。舌を絡め合いながら、彼の硬茎を軸にして揺らされた。胡桃を何度も掠めるのがじれったいけれど気持ちいい。

「……これ、好き……」

「俺もチカちゃんを独り占めしてるかんじがして好き」

あと少しでもっと甘いものに手が届きそうな焦燥《しょうそう》の中、このとろけるような気持ちよさを一秒でも長く味わっていたいとも思う。どちらかなんて選べないし、ぜんぶ欲しい。ひとりでは得られない快楽に、ふたりでいつまでも溺《おぼ》れていたい。

「チカちゃん、すごい気持ちよさそうな顔してる」

よすぎて、とろんととけそうなまぶたを懸命に上げる。

「どうする？　もっと気持ちよくされてイきたい？　それとも長くつながっていたい？」

「……離れたくない。気持ちいいこと、いっぱいしてほしい」

「欲張りさんだ。かわいい。でも俺のほうが保たなくなるからさ」

周史が離れたくないと言ったからか、つながったままで高哉が背後に回った。

横たわった周史の背中に高哉が寄り添い、うしろから包み込まれる。ほっとするような体勢になったのもつかの間、膝の裏側から片脚を抱え上げられるというはずかしい格好でうしろを責められた。この日つながってはじめて深くピストンされ、声が飛び出しそうになる。

「——あっ……んっ、んっ」

口を押さえようとすると、「我慢しないで」とその手を取られた。最初抱えられていた脚は高哉の下肢に引っかけられ、自由になった両手で両方の乳首を弄られる。

「あぁっ……はぁっ、あっ……」

爪でくすぐられ、弾かれて、高哉に「うしろすごい締まる」と知らされた。膨らみはなくても、乳暈《にゅううん》や小さな乳首を捏《こ》ねられると、ひどく感じてしまう。

「乳首、好きだよね。チカちゃんって『女の子』を引き合いに出されたら怒るけど、女の子みたいにされるの燃えるよね」

お見通し、と言われているようで、でも高哉だから、本当のことを知られてもいい。

「お、女の子っ、みたいにされっ……たいっ……」

「女の子になりたいわけでも、女の子として扱ってほしいわけでもないけど、こんなふうに男に抱かれたかったんでしょ？」

周史は背後から大きく揺らされながら、こくこくとうなずいた。

身体を反らすことで尻が締まり、後孔に圧がかかって高哉のペニスのかたちをくっきりと感じる。窄まった隘路《あいろ》に笠がきつくこすれる感触がたまらない。

「はぁっ、あっ……気持ちいっよぅっ……すごい……」

胡桃もどこもかしこもこすり上げられ、よすぎて泣き声まじりになる。快楽に酔っ払って、今ならなんでも口に出せそうだ。

「た、高哉にっ……すごいことっ、されたい、いっぱいしてほしいっ……んっ……」

「今のこれなんかすごいえっちじゃない？　チカちゃんのほうに大きな鏡があれば、つながってるとこも見えるのにな」

「んっ、……あ……あぁっ……」

誰かに見られるはずはないけれど、剝き出しの自分のペニスを手で隠したくなった。そこはもう先走りや溢れ出た何かでどろどろだ。

ペニスを隠そうとした手をそのまま高哉に握り込まれ、自慰をさせられる。後孔を浅く深く犯されて、前からとうしろからと生まれる快感で周史はがくがくと震えた。

「……んっ……チカちゃんっ……」

とたんに、駆け上がりそうな感覚が来る。もうこのまま快楽に耽溺《たんでき》したい。

「た、高哉っ、イかせてっ……」

周史の切羽詰まった声のお願いに、高哉がぐるりと体勢を変えた。つながりをとかずに、再び向き合って重なる。周史がひしっとしがみつくと、煽るような腰遣いで奥まで穿《うが》たれた。

さっきの体位では届かなかったところを、ずんずんと突き上げられる。

「チカちゃんの中に、このまま出していい？」

耳元で問われて、周史は揺さぶられながらうなずいて応えた。

抽挿《ちゅうそう》のスピードが上がり、接合した最奥《さいおう》から悦《よろこ》んで絡みつくような粘着音が響く。いちばん奥の窪《くぼ》みにうまく嵌まって、それがよすぎて、後孔の襞で陰茎を絞り上げながら雁首《かりくび》を呑むように吸引するからだ。

「あぁ、あっ、あっ」

「……っ……先っぽとけそうっ……」

腹の底から、頭の芯が痺れるほどの快感が突き抜ける。最後は全身が硬直し、高哉が中で弾けるのを感じた直後に周史も絶頂した。

「——っ……！」

忘我のふちで、あやうく気を手放しそうになる。

長い射精のあとは、しばらく抱きあったままでいた。呼吸がおだやかになるまでキスを交わし、ようやくつながりをとく。

いつまでも胸がどきどきして、心地よい倦怠感《けんたいかん》の中で茫然としている。

自慰でこんなふうになったことはない。もたらされた快感がすごすぎて、頭の中がまだ甘いもので充たされているようだ。

「チカちゃんのおしり、すごいことになってる。精液とオイルと汗まみれ」

彼の硬茎で奥までぐちゃぐちゃにされた。高哉の精液も体液もぜんぶ、自分の中に染み込んでしまえばいいのに、と思う。

あしたになったら離れなきゃいけないなんて、本当に泣きたくなる。

周史はどうしようもなく甘えたい気持ちでいっぱいになって、何も言わずに抱きついた。首筋に腕を巻きつけ、くちづける。高哉もそんな周史をしっかりと抱きとめてくれた。ぎゅうぎゅうと抱きあっていれば、このままひとつのかたまりになれそうな気がする。

「こんなに人を好きって思うなんて……」

「俺も。好き」

抱きあったまま髪をなでたり、くちづけあったりしているうちに、ふたりして昂ってきた。

「チカちゃんの中に、ずっといたいな」

「そうしてほしいって思ってた」

「俺とするの好き?」

「好き」

高哉が「よかった」とうれしそうにはにかんで、抱きあったままで周史に覆い被さってきた。あしたとか、これからとか、今は考えたくない。目の前の恋人のことだけでいい。

今度はもうなんの抵抗もなくつながって、あっという間にふたりの境目が分からなくなるほどになじんだ。

「高哉とつながってるだけなのに、気持ちいい……」

「動かすともっと気持ちいいよ?」

動き始めたとたんに、自分の中で彼の存在をくっきりと感じる。疑う余地もなく好きな人とつながっている事実がうれしすぎて、周史は泣きそうになった。

静かなひとりの生活に不満はなかったけれど、本当は誰かを愛したかったし、愛されたかった——これまでも自分はちっともひとりが平気じゃなかったのだと思い知る。

「高哉とこうなれて、うれしい」

想い人に深く想われていると、これ以上ない方法で確かめ合えるしあわせな時間だった。

高哉の抜糸が終わるまで車で待つ間に、久しぶりに母親からLINEでメッセージが届いた。

『元気？　来月、近くでロケがあるの。騒がしくなくておいしいもの食べられるところ、どこか知らない？』

「近くでって……どこなの」

ロケ地が熱海《あたみ》か伊東かでも、だいぶ距離があるのだが。こういうところが、十代から女優をやっている母親らしくて笑ってしまう。

もしかするとあえて場所を書かないのは、花房《はなぶさ》を案内してほしいからなのかもしれない。

──でも母さんが花房に来たら、大騒ぎになっちゃうよ。

東京じゃないところで静かに暮らしたい、と周史が母に話したとき、その理由を深く訊かれなかった。窮屈《きゅうくつ》そうに生きていた自分のことを、なんとなく察していたのかもしれない。

「……どうしよう」

花房の新鮮な海の幸、山の幸を食べさせたいところだが、この辺りを連れて歩いただけで、静穏な人生を脅《おびや》かされそうだ。

『熱海に有名人がお忍びで来る温泉宿があるから、食事と休憩で予約しようか？』

花房に、とは書きたくても書けないことを許してほしい。母からの返事はすぐに来た。

『周史も一緒にどう？　と言いたいところだけど、ひとりでゆっくりしたいのよね。そこでいいから予約しておいて』

ひとりでゆっくりしたい、というのが本音かどうかは別にして。離れて暮らす周史を折にふれて気にかけてくれていることは充分に伝わる。周史は『日時が分かったら連絡して』と返事をした。

忙しい両親とタイミングが合わなかったことを言い訳にして、今年は一度も会っていない。

――大晦日《おおみそか》に帰ろうかな……。

年末年始を東京の家で過ごせば、高哉とも会えるかもしれない。

できるだけ近寄りたくなかった東京が、好きな人がそこにいるというだけで、周史の中で少し距離が縮まったような気がした。


「『まだ帰らない』ってどういうこと？」

周史は驚愕《きょうがく》の面持ちで、抜糸がすんで絆創膏も取れた色男に問いかけた。

「え、だって、まだ休暇が残ってるし」

いけしゃあしゃあと答える高哉を前に、周史はしばし唖然として「騙《だま》された……」と手で顔を覆う。病院での診察が終わり、周史が運転する車に乗り込んで「何時に花房を出るの？」と訊いたらこの展開だった。

「騙してない騙してない。抜糸がすんだら帰るとは言ったけど、抜糸した日に帰るとは言ってないよ。あとほら、チカちゃんのピクルスまだ食べてないし」

昨晩、一緒にすごした二週間が終わったら次はいつ会えるんだろう、なんて感傷に浸《ひた》って、高哉の腕の中でくすんと泣いたりした自分がばかみたいだ。

「やっぱり、性根の悪い男な気がする……」

「違うって！　チカちゃんが涙目で『次いつ会える？』とか『離れたくない』とか、顔がとけそうなくらいかわいいこと言ってくれるのがうれしくて。そういうのいっぱい言われたいじゃない？」

「『じゃない？』じゃないじゃないっ？　……わっ、もうなんか、なんか腹立ってきた」

とろとろえっちで相当気分が昂っていたのもあって、ああいうときは恥ずかしいことを臆面《おくめん》もなく言えてしまうことに我ながらびっくりだったが。

「チカちゃん、おこだ。どうしよう。天気もいいし花房ドライブデートしない？」

「この流れから！　デートに誘う？」

「だって休暇あと二日しかないから」

「あと二日っ？　……もう、……それ先に言って」

まだ一緒にいられる、と思ったのに、あとたった二日しかないなんて。

「……結局、イチオシのうずらのピクルスは食べてもらえないじゃん」

エンジンをかけながら高哉には聞こえないくらいの声でぼそっとぼやく。でも、また会えるから作ればいい。

「チカちゃーん。俺が運転しよっか？」

調子のいい声で問われて、周史はむうっとしていた顔をとうとうほころばせた。

車のキーを手渡して、助手席の高哉と交代する。

「どこ行こう。あ、牧場のソフトクリーム食べない？　今月の『はなぶさプレス』に載ってたとこの。それか、イルカのショーを見るとか、爬虫類《はちゅうるい》&両生類の動物園とか」

「イルカのショー見てソフトクリームも食べる。その爬虫類の動物園はここからちょっと遠いよ」

「まだ午前中だし、ぜんぶ行こ。で、帰り道に海岸沿いのラブホに入る」

「ええっ、やだよ。どうせ鏡がどーのってやつでしょ。やだ」

「うそだ、チカちゃんぜったい燃えるって」

「時間足りないからもう車出そうよ」

高哉を急かすと、腕をぐいっと引かれて短いキスをされた。うれしそうにほほえむ高哉に周史もつられる。

「……ところで、爬虫類も両生類も俺めっちゃ苦手なんだけどさぁ」

「あっ、そうだった。キャーキャー叫ぶくらいヤモリがダメなんだし、無理でしょ」

「でも、やったことない経験をする、というのがこの旅のそもそもの目的だし！」

周史が「んじゃあ、がんばって」と軽く応援すると、高哉がこのあと動物園に行く人とは思えないほど真剣な顔でうなずくので、おかしくて笑った。

再び来る最後の夜に、また泣くほどさみしくなるのだろうか。

――きのうより、今よりもっと、さみしくなるんだろうな。

一緒にいればいるほど、楽しくて、好きになるから。

車が走り出して、カーナビの時計を見ながら、さよならまで残り何時間だろうかと考える。

「今日でしばらく会えなくなるって思ってたから、うれしい！」

「うん、俺もうれしい」

ふたりの未来は途方もなく続いているのだから残り時間なんて気にせず、今この瞬間を楽しもう――そう思ったら、いつもの見慣れた景色も少し違って映ったのだった。

じょうずな恋はできません
jouzu na koi wa dekimasen

朝と夜のしんとした音が、やけに耳障りなときがある。

あしたは取材で早起きしなきゃならないのに――と、周史《ちかし》は無理やり瞑《つぶ》っていたまぶたを上げた。枕元のスマホを手に取り、時刻を確認する。あと十五分もすれば午前一時だ。

周史は起き上がり、ローブを羽織って台所へ向かった。眠れないともだもだするより、身体を内側からあたためたほうがいい。

戸棚を開けて、茶缶を取り出す。パリに本店があるという茶葉ブランドのものだ。当然、この花房《はなぶさ》では手に入らない。東京の実家へ年末年始に帰省したとき「ノンカフェインでリラックス効果があるから……というのはもう関係ないくらいおいしいの」と母親に持たされた。その日から気付けば二十日が経《た》っている。

アンティークなデザインの茶缶を開けると、甘いフルーツと花の香りがふわりと鼻を掠《かす》めた。

三分ほどかけてそのアロマティーを淹《い》れ、マグカップを持って居間へ戻る。本来はこの隣の部屋が寝室だが、高哉《たかや》がここで暮らしていた頃に居間にふとんを並べて寝ていた習慣がそのまま残ってしまった。

首元がひやりとしたのでローブのフードを頭にかぶって、ふとんの端に座る。傍《そば》のローテーブルにマグカップを置き、周史はスマホのSNSアプリをタップした。するとちょうど高哉のアカウントからの記事が上がっていて、その投稿時刻はつい五分ほど前だ。

今度はLINEアプリを開き、高哉へ『まだ起きてる？』とメッセージを送信する。間もなく高哉からは『ビデオ通話していい？』と返信があった。

急いでスマホをホルダーに取りつける。遠距離の高哉とスマホでビデオ通話をするために買った、アームで角度を変えて固定できるスタンドだ。

周史は逸《はや》る気持ちでアプリをつなげた。

東京と花房。車で三時間ほどの距離を飛び越え、すぐ目の前に高哉の姿が映《うつ》って、周史は自然と顔をほころばせた。十一月末に高哉が東京へ戻り、遠距離になってもうすぐ二ヵ月が経つ。

『チカちゃんと顔を見て話すのっていつ以来だっけ……あぁ、もう十日も経ってんのか』

高哉は自己解決しながら驚いている。互いを気遣《きづか》って、日頃は通話より文字でのメッセージのやり取りのほうが多い。

「そうだね、ランチタイムにビデオ通話したとき以来だね」

周史が返すと、高哉は『だな』と、リラックスした表情でほほえんだ。

食事の時間がかぶることはほとんどなく、いつも少しズレている。周史のほうが取材中だったり編集部にいることもあるし、高哉はCMプランナーの仕事に復帰して以降ずっと忙しそうだ。

『どうした？　眠れなかった？　いつもこの時間は寝てるだろ』

高哉のやさしい声と口調に、周史はきゅんとした。通常零時を目安に就寝する周史の規則正しい生活スタイルを高哉は知っている。高哉がここで過ごしたのは二週間ほどだったけれど、もしかすると、周史のことを誰よりも理解してくれている人かもしれない。

「……うん、だからちょっとあったかいものでも飲もうかなって、起きたところで」

周史がマグカップを掲《かか》げて見せると、『何飲んでんの？』と訊《き》かれ、周史は母親から貰《もら》った茶葉だということも伝えた。周史の話に高哉はうなずいたり、相槌《あいづち》を返してくれる。

他にも今日は水族館へ取材へ行ったとか、桑田《くわた》さんに貰った大根と挽《ひ》き肉《にく》を炒《いた》めて食べたとか、高哉のほうは「一日中デスクワークだった」など、ふたりでそんな他愛《たわい》もない報告をしあった。

『あー……チカちゃん、かわいいな。さわりたい』

「え？　急に、そんな」

周史がした「大根と挽き肉の味付けは、最近嵌《は》まってる牛肉味だしの素で」という話のあとで唐突だったから、どう反応したらいいのか分からない。

『チカちゃんのごはんと、チカちゃんを食べたい』

「言ってることがおじさんっぽいよ」

苦笑しながらそう返しつつも、胸がきゅっと窄《すぼ》まる。高哉の楽しそうな笑い声と柔らかな表情に、周史もいっそう和《なご》んだ。アロマティーもいいけれど、こうして好きな人と話すだけで、何にもかえがたい幸福感で満たされていく。

文字でのメッセージのやりとりなら、きっとここまで心が沸《わ》かない。

すると、がさがさと音がして画面が暗くなったので、周史は「高哉？」と問いかけた。

再びスマホの画面に、高哉の姿が戻る。

『スマホの中のチカちゃんを抱きしめたくなって、でも、ぺたんこのただのスマホだった』

「あはは、そりゃそうだよ」

素直な言葉を紡《つむ》ぎ続《つづ》ける高哉に、周史は笑いながらも絶え間なく心を揺らされている。

今日だけじゃなくて、いつだって彼に会いたいと思っているけれど、こうやって実際に顔を見て話すとますますその気持ちが昂《たかぶ》って、よけいに会いたくなってしまう。

『……チカちゃん、会いたいね』

自分とは違い、ストレートに表現する高哉に、周史はただ小さく「うん」とうなずいた。意地を張っているわけじゃなくて、会いたいと実際に口に出してしまうと、なんだかとまらなくなりそうなのだ。

『会いたい。チカちゃんをもう二十日もさわってない』

年末に少しと、年が明けてから、高哉が暮らすマンションで会ったのが最後だ。

高哉は「三日が仕事始めだ」と言っていたので、その前日にお泊まりして、翌朝さよならした。実家の両親には二日に花房に戻ると嘘をついて彼氏の部屋へ行く――高校生や大学生がするような『悪いこと』を二十五歳になってようやくしている。あの日、実家から高哉のマンションへ向かうとき、なんだかくすぐったい気分だった。

親に内緒で会いに行くとか、彼氏の部屋で朝を迎えるとか、そんな恋の場面というのは、高哉と出会うまで周史の中でずっと想像の産物でしかなかった。恋の始まりも終わりもなく、ひとりで勝手に妄想するだけだから、ときめきや高揚感《こうようかん》などは当然生まれなかったのだが。

――自分のどきどきに、相手のどきどきが重なって、しあわせが何倍にもなるかんじ。

多幸感で全身がとろけるような感覚は決してひとりでは得られないものだと、恋人との関わりの中で知った。

そんなしあわせすぎな時間を思い返していたとき、高哉が発した耳を疑う言葉に、周史は意識を引き戻された。

『チカちゃんのアナニーが見たいな』

「……えっ？」

聞き間違いかと思って、周史は目を瞬《しばたた》かせた。

『もうすでに一回見ちゃってるし。したあと、眠くなるじゃない？　だから』

たしかに眠れなかったと話したし、以前「また今度、俺の目の前で見せて」とも言われたが。ビデオ通話の相手にそんな行為を見せるなんて、さすがに妄想《もうそう》ですらしたことがない。

「いやっ……でも、それとこれとは。ていうか、やだよ」

あの一回目は、見せたくて見られたわけじゃないのだ。

『だめ？　じゃあ挿《い》れなくていいし、そのものは映さなくていいから、ひとりえっちの顔だけ見たい』

「かっ……顔だけって」

『俺、チカちゃんのよさそうな顔と声だけでイけそう』

「えっ、そっちもヤるのっ？　あ、ちがうっ、僕がするの前提で訊いてるわけじゃないよ」

『ビデオ通話が終わったら、するかな。チカちゃんもこの際、遠距離恋愛を楽しもうよ』

奔放《ほんぽう》な高哉の発言に、だんだん気持ちが傾いていく。こんなふうに煽《あお》られて、どうせこのビデオ通話が終わったら、周史自身もきっと自慰《じい》をするだろう。他に誰が見てるわけでもない。それなら、高哉と楽しむほうがいいような気がしてくる。

「そういうの『リモートえっち』っていうんだよね……高哉が、いつも、僕にやらしいことをおしえる……」

どんなタイミングでどんなふうに力を抜くと気持ちいいとか、反対に力を入れる場所とか、動き方とか、そんなこともぜんぶ高哉がおしえてくれた。

『えっ？　いや、おしえるっていうか、今思いついただけだってば』

花房で高哉と最後に過ごした二日間にも、ものを知らない周史はさんざん唆《そそのか》されて、頭が沸《ふっ》騰《とう》しそうなほど恥ずかしいことをいろいろされてしまった。

花房デートのあと、海岸沿いのラブホに入ったときは部屋の大きな鏡を使って結合部を見せられたし、家のとは比べものにならないくらい広いバスルームではＡＶ動画みたいなセックスもした。東京の高哉の部屋でも、どこもかしこもぐずぐずにとけてしまった気がするほどつながって、周史はそんな高哉との行為を思い出すだけで、今でも眸《ひとみ》が潤《うる》んでしまう。

『チカちゃん、そのマグカップはテーブルに置いて。俺もベッドに寝転がるから』

「……え？　えっ、ほんとに……？」

『スマホスタンドで、スマホの位置も角度も固定できるだろ？』

まだ踏ん切りがつかず焦《あせ》る周史に、高哉は『チカちゃんも早く、ふとんに寝転がって。スマホは枕元にね』と考える暇《いとま》を与えない。

『ほら、チカちゃん、おいで』

ベッドに寝転んだらしい高哉に誘われて、周史はすぐそばのふとんにのろのろと手をついた。ぐずぐず考えそうになる前に、えいっとスマホスタンドに手をかける。ちょうどいい具合に固定して、周史も横になり、画面の中の高哉と向かい合った。

『ビデオ通話中に寝転がって話すの、はじめてだけど、なんかいいね』

座ってビデオ通話するときには感じないてれくささもあるけれど、なぜだか高哉との距離がいっそう近付いたような心地になる。

『キスできそうな気がしてくる』

年始に東京で会って以降、ずっと彼にふれていない。本当はキスしたい。会いたい。

「……画面録画とか、しちゃだめだからね」

咎《とが》める声に力がなくなる。軽く『しない、しない』と返して笑っていた高哉が、やさしく周史の名前を呼んだ。

『チカちゃん……あぁ……キスしたいな』

高哉にくちびるをしゃぶられたときの感覚がよみがえり、周史はどきどきと胸を高鳴らせて、切ない気持ちで「うん」とうなずいた。

『チカちゃん、好きだよ。すごく、好きだなぁって、今も思いながら話してる』

「うん……僕も……好き」

愛の言葉を交わしながら、右手で服の上から下肢《かし》の膨《ふく》らみにそっとふれる。まだ何もしていないのに、これからすることを想像して、そこはすでに少し熱くなっていた。

『喋《しゃべ》ってるだけなのに、俺、もう、甘勃《あまだ》ちしてる』

明け透けに申告して笑っている高哉に、周史も戸惑いつつも「……僕も」と返す。

下衣を爪で引っかくと、下着のさらに下にあるペニスに焦《じ》れったい刺激が届いて、周史は奥歯をぐっと噛んだ。

「僕……もしかして、普通よりやらしいのかな。口では咎めるようなこと言いながら、花房で高哉としたこととか、東京の高哉の部屋でしたことを思い出したりして……」

正直に明かすうちに「もういいや」という気分になる。実際にこんなことよりもずっと恥ずかしくて、いやらしいことを高哉とたくさんしたし、いろいろ見られたあとで今さらだ。

下着の中に手を入れると、まだ柔らかさが残る先端に小さな蜜《みつ》の粒《つぶ》ができていた。

『普通じゃないかな』

「下着に染みるくらい……すぐ濡れるの……自分でもびっくりする」

『チカちゃん、先走り多いもんね』

「多いの?」

『俺よりね。若いし』

腕枕をしている高哉に、もっと顔を近付けたくなる。高哉に『あっ、ちょっと画面がぼやける』ととめられ、周史はシーツに顔をこすりつけながら、もどかしい気分で笑った。

「……高哉にくっつきたい」

『あれっ……チカちゃん、もう弄《いじ》ってる?』

「………」

『えっちのときの顔になってる』

周史は画面から目を逸《そ》らして、空《あ》いた手で下衣のウエスト位置を太ももの辺りまでぐっと下げた。膝の位置まで長さがあるローブに隠れて、高哉にも、外側からも見えない。

「……弄ってるよ……」

目を瞑ってペニスを摑んだ手を上下に動かす。いくらかそうしているうちに、背骨に沿って甘い快感がじわじわと広がりだした。

「……んっ……ん、ふ……」

息が弾《はず》んで、口を引き結んでも、鼻を鳴らしてしまう。

先端の剝《む》きだしの粘膜に淫蜜《いんみつ》をたっぷり塗《ぬ》りつけるように指先をまるく滑《すべ》らせると、ぞくぞくとして、周史は奥歯を嚙んだ。同時に後孔《こうこう》が狭窄《きょうさく》し、そこから勝手に快感が生まれる。

『チカちゃん、顔こっちに向けて』

その声で、高哉に見られていることを周史ははっと思い出した。画面のほうへ目をやると、高哉が腕枕のままにやっとする。

『今、俺のこと忘れてただろ』

周史は苦しい呼吸の合間にうなずいた。

「ふふっ……ちょっと、忘れそう……だった……っ……」

ついさっきまでいやがっていたのに。快楽に弱い周史の行動を高哉も喉の奥で笑って、『気持ちよさそ』と艶《つや》っぽく感想を伝えてくる。

『もう、ぬるぬる？』

「うん……っ……、そっちに、聞こえてない……？」

『チカちゃんのときどき漏れちゃってる色っぽい息遣いしか聞こえない』

周史の耳にはぬちゅぬちゅと音が響いているけれど、そこから離れた位置のスマホのマイクで拾えるほどではなく、高哉のところまでは届かないらしい。

夢中で手を動かすうちにひときわ強い快感が背筋を伝い、周史は身を竦《すく》ませて息を詰めた。一度摑んだ快感を逃《のが》すまいと集中する。そうすると、だんだん頭の芯《しん》までしびれてくる。

もっと欲しい。うしろを同時に弄れば、これより深い快感を得られる。

高哉がくれるのがどんな濃い快楽かをもう知ってしまって、ひとりではそれに届かないことも分かっているから切ない。

『……チカちゃん、挿れてほしい？』

絶妙のタイミングで問われ、周史は「う……ん……」と答えた。

『映さなくていいから、指、挿れていいよ？』

「……でも……」

『もっと気持ちよくなれるのに。いつも使ってるオイル、そこの抽斗《ひきだし》に入ってるだろ』

すべて知られている人の言葉が自分の心の声と重なり、胸が高鳴る。甘美な誘いに唆されて、身体の内側で膨らんでいく快感に、わずかばかりの理性が押しのけられていった。

2

ペットショップの脇の駐車場に車を停め、周史《ちかし》は助手席に置いていた茶封筒を手に取った。

茶封筒には、周史がフリーの編集として勤める会社名が入っている。中身は明日発売する雑誌の見本誌だ。これに掲載する記事のため取材に応じてくれたペットショップのオーナーにお礼を兼ねて届ける約束をしている。

一月も最後の週に入り、比較的温暖といわれる花房《はなぶさ》の日中の気温も一桁《ひとけた》台だ。車のドアを開けると、冷たい風がびゅっと吹き込んでくる。

さっそく小型犬が吠《ほ》える声が聞こえ、周史はふと懐かしい気持ちになった。

迷い犬のアンちゃんの面倒をみていたときの、散歩のときのてちてち歩きや、うれしそうにくるくる飛び回る姿、白い綿菓子みたいな丸い寝姿を思い出す。ぜんぜん人見知りしない、かわいい子だった。

「こんにちは。お世話になっております、『はなぶさプレス編集部』の芹野《せりの》です」

出迎えてくれた女性オーナーと挨拶《あいさつ》を交わし、取材のお礼を伝えて見本誌と差し入れの菓子を手渡した。

「別件ですが、わたしが個人的に迷い犬の飼《か》い主《ぬし》さんを探してたとき、店内にチラシを貼っていただいて……その節はご協力いただきありがとうございました」

オーナーは「あぁ、そんなこともあったわね」と笑顔でうなずく。

「あれ、去年のいつ頃だったかしら？」

「十一月の後半……ですね。ちょうど二ヵ月くらい前、かな」

わずか九日間だったけれど、あのときはいろんなことがあったから、時間が経っても記憶が鮮明なままだ。今でもテレビなどで白いポメラニアンを見かけるだけではっとして、アンちゃんは元気だろうか、と周史は思いを馳《は》せている。

「飼い主さんがちゃんと見つかってよかったわね」

「はい……でも少しの間だけとはいえ一緒に生活したので、さよならがすごく寂しくて。だから今もネットで犬の動画とか延々見たりしてるんですよね」

犬用クッキーを手作りして高哉《たかや》も一緒に食べたり、近くの川縁《かわべり》を散歩したり。ドライブや、桑田《くわた》さんの畑での収穫作業にもアンちゃんを連れて行った。ふたりと一匹の思い出は今も、周史の心をあたたかくする。

ペットになりきった高哉と、ポメラニアンのアンちゃんはほとんど同時期に周史の前に現れて、もうこの花房にはいない。ペットがもたらしてくれる癒《い》やしと、高哉がくれるしあわせと、あのいっときに周史の小さな世界はこれまでにないほど華《はな》やいでいた。だからこそ思い出の中にあたたかさを感じるのと同じくらい寂しさも大きい。

アンちゃんとのさよならは『飼い主さんのところへ戻れてよかった』と安堵《あんど》したけれど、高哉を『東京で彼の帰りを待つ誰か』のところへなんて返したくなかった。

あのとき周史はかんちがいでひどいやきもちをやいてしまったのだが。

――高哉の帰りを待ってたのは彼女とかじゃなくてじつは仕事仲間っていう……あれ……今思い出しても恥ずかしい。高哉には最初から恥ずかしいところばっかり見られてるし……。

でもそんなこともあったから、周史ははじめての恋を素直に認められたし、親にも友だちにも言えない想いを高哉には伝えることができたのだ。

「芹野さんご自身は、ご自宅でペットを飼うつもりはないんですか？」

何気ないオーナーからの問いかけに、周史は「え……？」と目を大きくした。

ここのオーナーは、ペットショップ経営者でもありブリーダーでもある。

「そんなにお好きなら。うちのワンちゃんたちもかわいいですよ。生後五十六日がすぎてないから、まだお引き渡しができない仔犬《こいぬ》たちなんだけど。あ、ポメよ、見ていきます？」

「ポメラニアン……！　み、見たい……見せていただいてもいいですか……？」

どんな犬種の仔犬でも間違いなくかわいいが、他のどれでもなくポメラニアンはいちばん心に刺さる気がする。

どきどきしながら購入希望者と売約前の犬が対面するための部屋で待っていると、オーナーが仔犬を三匹カートに入れて連れてきてくれた。

「ひあっ……、かっ、かわっ……」

変な声を上げてしまうほど、一瞬で全身が興奮する。

「ポメちゃん三匹はきょうだいで、生後四十日かな」

今はちょうど両手にのるくらいのサイズ。ひとりで駆けて、すてんとこける様なんて、悶《もだ》えたくなるくらいの愛らしさだ。そのうちの一匹を、周史は抱かせてもらった。

「うわぁ……」

周史が両手で受け取り、腕に抱くと、本当にふわふわの綿菓子のよう。目の回りから耳にかけて少しベージュが入ったクリーム色の毛色だ。周史が抱いているのが女の子、あとの二匹は男の子で、それぞれに緑と青のリボンを目印に首につけている。

腕の中でもぞもぞ動いていた仔犬が、くるんとした眸で周史を見上げてきた。

「かわいすぎる……天使……」

一途に見つめる姿が幼気《いたいけ》で、呼吸がとまりそうなくらいにきゅんとくる。

帰る間際に周史が仔犬たちのほうを振り返ったとき、三匹がこっちを見てくれて。

——お見送り……！　しかも抱っこした女の子が後追いみたいに背伸びしてる……！

きゅるんとした眸で、まるで「もう帰っちゃうの？」と言われているようだ。

周史は仔犬のかわいさに魅了され、ふらふらの気分でオーナーに挨拶をして車に戻った。

運転席に座り、オーナーから貰った名刺を見下ろした。そこには『ペットとの出会い・ブリーダーナビゲーション』という販売サイトにつながるQRコードが記されている。

これまで飼うかどうかを本気で迷ったこともなく、こういうサイトを見たことはない。アクセスしてみると、検索結果の画面に愛らしい仔犬たちの姿がずらりと並ぶ。

「うわ……ホワイトのポメの値段がえぐい……」

アンちゃんは超セレブ犬だったらしい。慎《つつ》ましく生活している周史からすると、さっき抱っこした仔犬だって躊躇《ちゅうちょ》する販売価格だ。学生時代から貯金を続けているし、とくに出費の嵩《かさ》む趣味もないが、これからもこの花房で、ひとりで生活していくことを考えたら慎重《しんちょう》になる。

初期費用だけではなく、飼うためには生涯に亘《わた》りいろいろとお金もかかる。毎日散歩させたり、躾《しつけ》をしたり。そして間違いなく、十数年一緒にすごした子を自分が葬《ほうむ》ることになる——そんな思いつく限りの『ペットを飼うとたいへんなこと』を、周史は懸命に頭に思い浮かべた。

でも今はそれよりも、あんなかわいい子がいつも傍にいてくれたらしあわせだろうな、楽しいだろうな、という気持ちのほうが大きく膨らみ始めている。

「いや……待て待て。落ち着け」

アンちゃんが飼い主のもとへ帰ったときの喪失感《そうしつかん》でも相当だったのだ。たとえば十年、十五年と一緒に暮らしたあとの別れだったら、あれ以上の悲しみに襲われるだろうし、きっと耐えられない——そんなふうに自分を説得する。
大きく深呼吸し、周史はシートベルトを締めてエンジンをかけた。

編集部で仕事をして、取材先に出向くなど忙しくしているうちに一日が終わった。

帰宅後、スーパーで買った赤魚《あかうお》の煮付けと、ナスを味噌炒《みそいた》めにしたもので夕飯を終え、風呂に入って、周史はいそいそとパソコンの前に座った。

高哉とビデオ通話をする約束があるので、スマホスタンドを設置する。

LINEで連絡を取りあい、ビデオ通話がつながった。いつものように、何を食べたとか、お風呂はすませたかとか、そんな他愛もない日常の話題から始める。

「今日ね、僕が担当してる雑誌の編集長から『あのリストランテの夜景撮影してくれた人にまた頼めないの?』って訊かれて、返答に困っちゃったよ。ほら、僕とはじめて会った日の、あの夜景の画像を、高哉がレタッチしてくれたやつ」

デジカメで撮《と》ったのは周史だったが、高哉が映《は》える写真に加工してくれたものだ。

『あぁ、あの斜《なな》めってた写真な』

遠慮《えんりょ》皆無の高哉の言い方に周史も笑う。

「僕は露光量《ろこうりょう》も明瞭度《めいりょうど》も、どこをどういじればいいのかさっぱり分かんないし。『画像をレタッチしてくれたのは、今テレビでも流れてるスポーツ飲料のＣＭとか、そのＣＭ曲のＭＶを作った人なんで』とは言えないし……ごまかしたけどさ」

『そっち行ったときにタイミングが合えば手伝うよ？』

高哉は冗談ではなく本気で「お手伝いするよ」と言ってくれている。業界では知られた有名人なのに飾らない人柄《ひとがら》で、周史は彼のそんな朗らかなところも大好きだ。

「さすがにそれに甘えるのは厚顔すぎる気が……」

『そもそも俺はプロカメラマンでもデザイナーでもないよ。あんなかんじでよかったら、ぜんぜん。チカちゃんの色飽和《いろほうわ》したのや斜めった写真をまたチョチョ～イっと直してあげるよ』

周史は笑って、今度は「ありがとう」とうなずいた。

「写真を褒《ほ》められたあとで、僕が書いた別の記事まで『いい反響あったよ。この調子でがんばって』って言ってもらえたし、最近いい風が吹いてるなって感じることが多いんだ」

早朝から一日かけて取材した分が諸般《しょはん》の事情でお蔵入りしたり、予定が飛んだり、うなだれることだってもちろんあるけれど、記事をきっかけに新しい仕事を依頼されるなど順調だ。

それから周史は今日ペットショップで会ったポメラニアンの仔犬の話をした。費用を細かく算出してみたらけっこうかかること、ペットを飼うのは難しいと感じたことなど、いつになく饒舌《じょうぜつ》に語ってしまったかもしれない。

ひとしきり周史が話す間、高哉は『うん、うん』と相槌《あいづち》を打ちながら聞いてくれていた。

『でも、チカちゃん、難しいとは言いつつもほんとは飼いたいんだよね？』

飼いたいか、飼いたくないかと訊かれれば、当然、飼いたいから、こんな話をしてしまっているのだ。

「そりゃ……。僕は旅行の趣味もないし、お世話することに責任を持てないわけじゃないけど」

『看取《みと》ることに対する寂しさ……っていうか、もはや恐怖心？』

高哉にそう問われて、周史は「……怖いってのはあるかも」とうなずいた。

二十五年の人生で、大切な人や動物の生死の瞬間に居合わせたことがなく、その事実を受けとめた経験もないから、よけいに恐怖心を抱《いだ》いている。

『……チカちゃん、どうして人はペットを飼いたくなるか、知ってる？』

高哉からの質問に、周史は小首を傾げて「癒やしを求めてるから？」と答えた。

『それもあるだろうけど。チカちゃんは癒やしっていうより、愛情を注ぎたいのかなって。人間は自分の持っている資源を、他の生き物に分け与えようとする本能があるらしいよ』

「本能……？」

『愛情を注ぐことで、自分自身が幸福な気持ちになる』

「……なんか……それって逆に、僕が愛に飢《う》えてる人みたい」

急に恥ずかしくなってきて、周史は口元を手で覆《おお》う。本来なら人に、高哉にだけ愛情を向ければいいのに、それが満たされていないせいい、みたいだ。

――物理的に離れてるから、心底から満足は……できてるはずないんだけど。

心はつながっていると信じていても、こんなふうに画面越しじゃなくて、本当はちゃんと彼にふれたい。ふれてほしいと思っている。

『飢えていなくても、普通のことだよ。愛したいし、愛されたいし、幸福を感じたいよ、誰だって』

みんなそうなんだよと、高哉が安心させてくれる。

『アンちゃんも飼い主さんのところに帰って、チカちゃんひとりの生活に戻った。仕事は順調だから、その部分は満たされてる。花房の人たちもみんなやさしい。だけど俺たちはいつでも会えるわけじゃないから、チカちゃんは自分で思っている以上に寂しいってことなんじゃないかな……っていうのはまぁ、そう想われたい俺の願望込みの想像なんだけどね』

高哉のやさしいフォローのおかげでてれくささが和《やわ》らぎ、周史ははにかんだ。

「うん……そうだね。僕は欲張りだなぁ。高哉と会うまではずっとここにひとりだったのに、どうやって毎日過ごしてたんだろうって思うよ」

『チカちゃんが欲張りなら、俺は相当な強欲ってことになるよ。こんなふうに画面越しじゃなくて、チカちゃんを一日中腕の中に閉じ込めて、なでまわしたり、舐《な》めまわしたりしたい。もういっそ俺も花房に移り住めば、好きなときに好きなだけ、なんだってできるのになぁ』

「そんなことするために移り住むなんて」

高哉が自分で自分を抱きしめるポーズなんてしながら話すから、周史は声を上げて笑った。

周史の寂しさを、高哉がこんなふうに紛《まぎ》らせてくれる。

「高哉とペットごっこしてたときも、ペットを自称していたのは高哉のほうなのに、僕のほうが甘えて、精神的な面で寄りかかってた」

『実際にじゃれてるのは、俺だったけどね。なんていうか、人間は開き直るとなんでもできるもんだよ。俺は弾《はじ》けてたんだ。キャラが崩壊するレベルで』

高哉に頬をぱくぱくと食べられたり、のしかかられたり。高哉はもともと、ああいう過剰《かじょう》なスキンシップをふざけてするタイプではなかったらしい。

『花房でチカちゃんと会う前はひたすら仕事ばっかしてて、自分があったかいものに飢えてることにも気付いてなかったんだけど……。准《じゅん》にも、こっちに戻ってから「普通の人間らしくなった」って言われたし』

ＣＭ制作会社『Ｆｉｒｅｗｏｒｋｓ　Ａｃｔ』のプロデューサー兼ディレクター・十和田《とわだ》准――高哉の仕事のパートナーである彼には、花房でのことを洗いざらい話したのだと報告を受けている。その彼には「復帰後の作品に漂《ただよ》う空気感が艶っぽいっていうか、瑞々《みずみず》しさがあるっていうか、生命力があって、なんか……いいかんじになった」と指摘されたとのことだった。

周史はクリエイティブな部分やセンスについて深い話はできないし、ただ「よかったね」とうなずくくらいしかできないけれど、花房での暮らしが高哉の仕事の面でもプラスになっているならうれしい。

『東京で仕事がうまくいってるからって、チカちゃんと離れてても平気ってわけじゃないから』

まじめに訴えてくる高哉に、周史も同意の意味でこくりとうなずいた。

『俺がどんなに想っても傍にいられないし、チカちゃんを癒やしてくれる子がそこにいてくれたらいいなって思うよ』

離れている間できる限り寂しくないように、幸福感で満たされるように――それは高哉が周史を深く想っているからだと言われているようで、うれしくなる。

「……うん……考えてみる」

自分の寂しさを埋めるためだけにペットを飼うのなら、ただのエゴだけど、愛情を注ぐことで幸福な気持ちをもたらしてくれるなら、ちゃんとその子にもしあわせになってもらいたい。

3

それから数日が経った金曜の夕方、取材先からの帰りに、あのペットショップのオーナーと花房《はなぶさ》駅のコンコースでばったり会った。

「名古屋のお客様のところまで、成約済みの仔犬を引き渡しに行った帰りなのよ。あ、芹野《せりの》さんと会ったポメちゃんも、飼い主さんが決まりましたよ」

オーナーからさらっと報告され、周史《ちかし》は「ええっ！」と悲鳴みたいな声を上げてしまった。

「あの女の子ですかっ？」

「あ、女の子じゃなくて、男の子のほう。青いリボンをつけてた子」

思わずほっとする。どうしても抱っこした女の子に、気持ちを傾けてしまっていたからだ。

「あれからまだ三日くらいなのに、急に決まっちゃうんですね……」

見学に来た人が、その場で売約したのかもしれない。そうこうしているうちに、あの女の子も『商談中』になれば、第三者は会うことすらできなくなる。

「もし飼いたくなったら、いつでも連絡してね」

周史は茫然《ぼうぜん》とオーナーのうしろ姿を見送りながら、リュックの肩紐《かたひも》をぎゅっと握った。

オーナーと花房駅でばったり会って衝撃の報告を受けたあと、周史は複雑な気持ちを抱《かか》えたまま、累人《るいと》と約束している居酒屋へ向かった。

累人は、周史が東京から花房に越してきて、最初にできた友だちだ。

大学を卒業して花房に移住した当初、ほとんど土地勘がなかったので、荷物の配達に来たドライバーの累人を捕まえて自宅周辺の環境やいちばん近くの商店について、手っ取り早く情報収集しようとしたのがきっかけだった。

累人は互いの年齢が近いことや、周史が『東京からの移住者』ということもあり親切にしてくれて、花房についてもいろいろと教えてくれた。なんでも都会からのIターン移住者は、花房の交通状況や物流などもろもろの不便さと、都会にはない密なご近所づきあいに慣れず、けっきょく去ってしまうことも多いらしい。

周史は「この土地の環境に惹《ひ》かれて」「田舎《いなか》暮らしに憧《あこが》れて」というより、最終的に親戚《しんせき》の計らいによりタダ同然で一軒家を譲《ゆず》り受《う》けることができたから移住を決めた。

海と山に囲まれたのんびりした町で、働き口も見つかって、自分ひとりが生きていけるだけの環境が整えられたらいいというくらいの心構えだったから、田舎暮らしに対する過剰《かじょう》な期待や夢や理想をもともと持っていなかったのも逆によかったのかもしれない。

待ち合わせの居酒屋に到着すると、累人に「こっち」というように手招かれ、周史は「お待たせ」と彼の向かいに腰掛けた。

「ごめんなー、俺の都合に合わせてもらって。あした休みが取れたからさ」

申し訳なさそうに詫《わ》びる累人はドライバーゆえに、勤め先から言い渡されている飲酒に関する細かな規定がある。でも休日前なら、夜遅くまで飲んでも問題ない。

「いや、ぜんぜん。僕はいつも朝が遅めだし。ドライバーさんは早いもんね。通常でも七時出勤だっけ」

「早いときは六時出勤な。朝転呼のチェッカーで引っかかったら即刻帰らされる」

それからビールとハイボールで乾杯して、適当に料理を注文する。

料理が来るのを待つ間に、周史は花房駅での一件も交えて仔犬の話を切り出した。

「じゃあ、その女の子も、すぐに買い手が決まっちゃうんじゃない？」

「……だよね……そうだよね……そうなるよね……」

周史の頭によぎった懸念《けねん》を、累人にもずばり指摘される。

「立ち入ったこと言うようだけど、金額的には？　クリアしてる？」

「……そこは、まぁ。ライターの仕事ももう少し増やせそうだし」

「それならあしたにでも、そのブリーダーさんに仔犬との対面を申し込んでみれば？　その場で契約しなきゃいけないわけでもないんだしさ」

「……うん。そうだね。そうしようかな」

注文していた料理が次々と運ばれ、ふたりでもう一度「乾杯！」とグラスを合わせた。

「周史さぁ……最近なんかいいことでもあった？　仔犬飼いたいとか、仕事増やしたいとか、心境の変化みたいなもんを感じる」

累人に問われて、周史の頭に浮かんだのはもちろん高哉《たかや》のことだ。

「いつにも増して表情が明るくなった気もする……もともと暗かったわけじゃないけどな」

「そう……かな？」

「ここんところ、いい雰囲気っていうか。周史が移住してきてけっこう時間が経って、ふたりでだったら飲みに行くこともあるってくらいには仲良くなれたけど、俺としては……『地元民と都会の人』っていう隔《へだ》たりじゃなくて、すこーしだけ、なんか距離あるかなぁって思ってたんだ」

累人がうっすら感じていた距離感は、間違いじゃない。そのことについては高哉からも「一見するとうまく人づきあいしているようで一線を引いている」と言い当てられたことがある。

累人とこんなふうに飲みに行くことはたまにあるが、彼の地元の友だちとの飲み会に「混ざってみない？」と誘われたときは理由をつけて断ってしまうし、誰かと濃い関係を築くことをさりげなく避けてきた。

移住時から周史をかわいがってくれる桑田《くわた》さん一家にも、完全に心を開いているとは言いがたい。

「うん……累人が言ってること、分かるよ。僕は花房でずっと暮らしていく気持ちでいるし、累人のことも、僕がこっちに来ていちばん最初に頼って、助けてくれた大切な友だちだって思ってる。でも、ぜんぶをさらけ出してはなかった。もちろん、累人以外の人にも」

花房に来て三年。累人にも伝えたことがなかった本心を、はじめて打ち明けた。東京を離れてひとりで生活を始めて、来た当初は本当にここでうまく生きていけるか不安だったし、こんなふうに腹を割って話をする機会を持たなかったのだ。

だから累人は少し驚いたような顔をして、やがておだやかな笑みを浮かべた。

「いや、いいんだよ。人類全員と仲良くしなきゃってわけじゃないし、誰だってふれられたくない部分はある。それを出さないから、だから友だちじゃねーよ、なんて俺も思わないし。でも、周史がずっとこの花房で暮らしたいって気持ちでいてくれるのも、ここんところいい雰囲気で肩の力を抜いてくれてるかんじも、地元民としてはうれしい、まじで」

押しつけることなく、でも受け入れてくれる。累人のやさしさが心地よくて、最初に知り合えたのが彼でよかったなと、周史は心から思った。

「僕は大学出たばっかかの世間知らずだったのに、面倒がらずに、いろいろ教えてくれて、助けてくれて、ありがとね」

花房で不自由を感じることなく独《ひと》り暮らしをスタートし、続けられたのは、累人のお陰でもあると思うので、素直に思いを伝える。

すると累人は目を瞬かせ、「俺の導きがあったお陰ってのは否定しないけどな」と冗談めかして笑った。

「冗談はさておき、なんかさ、あの東京から来たって人？　いたじゃん、一時期、周史の家に」

突然、高哉のことを切り出されて、周史は「えっ、あ……うん」と返しつつ、動揺せずにはいられない。

「桑田のじいちゃんばあちゃんも『都会から来た、かんじのいいイケメンさん』っつって。仕事関係の人だったっけ？　あの人もう来ないの？」

「え……いや……どうだろう……」

悪気のない累人に、しどろもどろになりながらぼそぼそと返す。

居候《いそうろう》していた高哉について、累人に行き当たりばったりな説明をしてばかりだったので、仕事関係の人だといまだに誤解されたままだ。

――でもまさか『その人と恋仲になりました』……とは言えない。

これからもそれを明かすことはできないだろうし、自分の内面についてまで晒《さら》すことはできないと思う。

「周史の家に他人が泊まってるのはびっくりしたけど、今思い返せば、周史がなんかちょっと雰囲気変わったなぁって感じたのも、あの辺りからだったかなって」

「そ、そうかな」

「刺激を受けたり、影響を受けたり、人づきあいの中で大きく気持ちが変わることってあるじゃん。だからあの人とは、そういういい関係なのかもなって思った」

自分では意識していないことを指摘されて、頬が熱くなってきた。

「う……うん……。そう……いう、かんじ、かも」

ひとりぼっちで生きていくつもりでいたけれど、他人の視線に過敏な自分を深く理解して受けとめてくれる恋人の存在が、周史の心に安寧《あんねい》をもたらしてくれているためかもしれない。

周史が「なんか酔《よ》ってきた」などと、頬がほてっている言い訳をお酒のせいにしてもぞもぞする前で、累人も「……で、話は変わるけどー」となぜか照れくさそうにしている。

「今日、飲みに誘ったのはさ、周史に報告したいことがあってですね」

「え？」

累人があらたまった顔つきで、ひとつ息をついて話し始めた。

「年末に合コンがあったんだよね。地元の消防団の人たちと、その友だちとかまざって」

「えっ、あっ、うん」

なんとなくここまでの話の流れから、いい人ができた、とかそういうことかなと勝手に先読みしてしまう。

「そこで紹介された女の子と、年のはじめに初詣《はつもうで》に行って」

「うん、うん」

「つきあうことになって」

「うわーっ、おめでとうっ！」

思わず握手を求めると、累人は親指を立てて、にやけ顔で「おう」とうなずいた。ふたりで手を握りあい、周史はもう一度「新年早々に始まるなんて、おめでたい話だね」と喜んだ。

「隣町の子なんだけど、あっちも車を運転できるし。片道三、四十分くらいかな」

「それくらいの距離、ぜんぜんだよ、だいじょうぶ！　歳は？」

思わず東京・花房間と比べて発言してしまうが。

「一個下。写真、見る？　初詣に行ったときのやつがあるんだ」

しあわせそうな笑みを浮かべる累人を見ていると、こっちまでうれしい気持ちになる。

累人が見せてくれたのは、ふたりで寄り添って自撮《じど》りした写真だ。

「わ～、くっついちゃって。何コレ、めっちゃ累人がデレてる。彼女さん、ちっちゃいね」

「身長が百五十四センチなんだよ。百七十八センチの俺と比べたら体型はもちろんだけど、手とかパーツがぜんぶちっちゃくてさ、かわいいんだよー、デレるよ、そりゃ」

彼女とのおつきあいまでの経緯《けいい》を根掘り葉掘り訊いて、ふたりは盛り上がった。

一時間以上、累人と彼女の話をして、その間にだいぶお酒も進んだ。

「じつは、このあと彼女と会うことになってるんだ」
「えっ、じゃあ早く切り上げたほうがよくない？」
「いや、それはいいの。今晩こっちにお泊まりだから。迎えに来てもらうつもりでいるし、周史も家まで送ってくよ」

そう言われても、つきあい始めたばかりの恋人同士の時間を邪魔してはいけない気がするのだ。周史は遠慮したものの、累人に「送ってく」と押し切られて申し出に甘えることにした。

累人の彼女・みうちゃんの運転で、助手席に累人、そして後部座席に周史は乗せてもらい、家まで送ってもらうことになった。

友だちとその恋人の、しあわせいっぱいな空気感とか、初々《ういうい》しさも感じられる会話とか、なんだか周史までそわそわしてしまう。

前の席でふたりが交わす「おいしかった？」「メニューが渋いけどうまいんだよ。今度行く？」「うん」なんて会話を聞いているこっちがてれてしまいそうだ。

後部座席から周史が見守っていると、累人と彼女はこっちにも話を振って気遣ってくれる。

周史の家まで車で十五分ほど。その短い間にうしろから見ていても、累人が彼女にベタ惚《ぼ》れなのは伝わった。

「そのうち三人でごはんとか行きたいな。飲みでもいいし」

累人が周史のほうを向いて言うと、運転中の彼女も「ぜひ」と明るい声で誘ってくれて、周史も「うん、ぜひ」とにこやかに返した。

周史の家に到着し、お礼の挨拶をして、ふたりが乗った車を見送る。周史はしあわせいっぱいのラブオーラにすっかりあてられて、テールランプがカーブの先で見えなくなるまで、顔をほころばせたままだった。

なんだか心がぽかぽかとあたたかい。累人が彼女と引き合わせて、周史のことを「友だち」と紹介してくれたのもうれしかった。写真で見て感じたとおりにお似合いで気持ちのいいカップルだったし、しあわせをお裾《すそ》分《わ》けしてもらった気分だ。

飲み会が終わるのが何時になるのかはっきりしないのに、彼女は累人からの連絡を自宅で待っていて、車で三十分の距離とはいえ居酒屋の前まで迎えに来てくれた。

「とにかく会いたいんだろうなぁ……」

あしたでもいいいやじゃなくて、どうしても今日会いたいのだ。

その気持ちはすごく分かる。

分かるから、ふたりの車を見送った周史の足もとから、今度はひたひたと寂しさが染み込んでくる。冬の寒さも相まって、身体がすうっと冷え、急に心細くなってしまう。

周史はコートの中で小さく縮《ちぢ》こまりながら、家に入った。

オイルヒーターをつけて、こたつをあたため、風呂の準備をする。

酔っているので入浴を短めにすませ、アロマティーを淹れて、周史はあたたかいローブに身を包んでこたつに入った。壁掛けの時計を見ると、二十三時過ぎ。今日取材した内容をまとめる作業はあしたに回すつもりで、手帳やボイスレコーダーをテーブルに置いた。

一度こたつにごろんと寝転んだものの、このまま うっかり寝たら風邪をひく、と思い直して身を起こし、テレビをつける。

バラエティー番組を眺めながら、淹れたアロマティーを飲むけれど、ずっと胸の奥にわだかまっているものが消えない。

「……寂しいな……」

わだかまりを言葉にしたら、ますますその思いが大きく膨らみ始めた。

テレビからの音声が、なんの意味も持たないBGMになる。勢いがある芸人のお笑い番組も小気味良いトーク番組も、気分がいいときに見るからおもしろいのだ。

——僕も高哉に会いたい。

片道三時間、夜中に車を飛ばして高哉に会いに行こうかと考えたこともある。会いたいという気持ちだけで、三時間くらいの運転は苦にならない。

「今日は飲酒してるから、運転できませんし……」

この時間では夜行バスの運行は終わっている。でもそんな物理的な距離だけが理由ではない。

押しかけたりすれば、高哉の仕事や生活を多少なりとも乱すだろう。仕事に復帰して順調な様子の高哉を気遣えば、「今から来てほしい」とわがままだって言えない。好きだからこそ、恋人を困らせたくはない。

周史は、遠距離恋愛をもっと気楽に考えていた。「たった三時間だ」と思っていたし、高哉もがんばって会いに行くと言ってくれて、この花房を発つ彼を見送った。だけど実際はどうだ。

――思っていたよりも会えない。こんなかんじだと……いつか本当に心まで離れたり……しないかな。

お酒のせいなのか、蜜月期のカップルの仲睦《なかむつ》まじさがうらやましすぎたからか、いつもは考えないようなうしろ向きなことまでぐるぐるし始めた。

はじめて恋をして、手加減が分からない。自分をコントロールしているつもりだけど、それははたしてこの恋愛にプラスになっているのだろうか。

スマホを手にして、『会いたい』とメッセージを送ろうかと迷う。『今すぐってわけじゃないけど』とフォローすれば、高哉の負担にはならない気がするのだ。

そんなことをつらつらと考えていたら、ちょうど高哉からメッセージが届いた。ビデオ通話をすることになり、会いたいと思っていたタイミングでつながる偶然さえ運命のように感じながら、周史は逸《はや》る気持ちでスマホスタンドを準備する。

高哉は仕事の途中で休憩《きゅうけい》のコーヒーを飲みながら、連絡をくれたらしい。

顔を見たかったからうれしい。でも同時に、やっぱり急に押しかけたら迷惑をかけてしまうはずとも考えた。

「遅くまでがんばってるんだね。寝食忘れるほど無理しちゃだめだよ」

『うん。もう今は前みたいな無茶はしてない。この山を越えたら、ちょっとラクになるのが見えてるしね。今日はうちで仕事してるから、終わったらすぐ寝れるんだ』

「家で仕事してるの？」

高哉の背景が白壁だから気付かなかった。

『うちの会社でもリモートワークが可能か実証実験も兼ねて。こういう環境だと怠《なま》けるやつもいるけど、俺の場合は際限なく仕事しちゃわないように、准《じゅん》に見張られてる』

「高哉らしいけど……十和田《とわだ》さんのフォローがあるなら安心だね」

『無茶しないって言ってるのに、信用しないんだもん、あいつ。まぁ、前科大ありだから仕方ないけどね。だから心配させないようにしなきゃな』

周史は彼の相棒である十和田准と、まだ会ったことはない。高哉を介《かい》して、互いを知っているという状態だ。

高哉は例の仔犬のことが気になっていたようで、周史は現状を伝えた。

「ちゃんと見学を申し込んで、仔犬と遊んだりしてみようかなって。ほんとは高哉も一緒に行けたらいいんだけど……。高哉も気に入ってくれる子がいいなって思うし……」

会いたいという気持ちが透けて見える言い方をしてしまって、なんだかすごく恥ずかしい。

周史がそんな自分に耳を熱くする前で、高哉のほうは『そうだよなー』とうなずいている。

『チカちゃんと一緒に見学に行きたいな……。だって俺も仔犬ちゃんと仲良くなりたいし。あと、ほら、いつか俺もチカちゃんを一日中なでまわしたり、舐めまわしたりするためにそっちに住むかもだし、ペットと飼い主の彼氏との相性もだいじだよなー、うんうん』

「またそんな冗談言って……」

高哉が笑い話にしてくれて、周史もようやく自分を取り戻した。

『とりあえず仔犬の写真とか動画も撮ってきてよ。その仔犬ちゃんと、ご縁があるといいね』

「うん……」

高哉となかなか会えないという事実は、やっぱり寂しい。

声に少し元気がないのは、酔っているせいにして、今日累人と飲んだ話にすり替える。

累人に彼女ができて、その人を紹介されたという別の話題でごまかしたつもりで、つい「ふたりを見てて、いいなぁって思った」と素直な感想を口に出してしまった。

『チカちゃんのその「いいなぁ」は、ふたりがお似合いだったからほほえましくて……ってだけじゃないんだよね？』

「…………」

鋭い指摘で高哉に誘導され、酔っているのも手伝って、周史はスマホに向かって自分の気持ちを吐露《とろ》した。

「うん……そう。僕も会いたいな、高哉に……。今すぐ会いたい」

冗談なんかじゃなく。仕事に邁進している高哉に負担をかけそうだ、という気遣いを捨てていいなら。

「……なんか、そんな気持ちが、わーって溢《あふ》れてくるくらいお似合いのカップルで、いいなぁって思ったよって話」

周史はなけなしの理性で、なんとかたとえ話に転じさせた。高哉の重荷にならなければそれでいい。

『……俺も早くチカちゃんに会いたい。俺が毎日帰る場所がそこならいいのになって思うよ』

心まで離れたりするのでは、という不安は、高哉の言葉で霧散《むさん》する。

お互い「今すぐ会おうよ」という話ではないけれど、嘘ではない。それが周史をいっとき慰《なぐさ》めるための言葉でも、彼の深い想いが伝わって安心する。

不慣れな遠距離恋愛だけど、こんなふうに少しずつふたりで乗り越えていくものだと思っていた。

4

累人《るいと》と飲んだ翌日は土曜日だったので、スマホのアラームをセットしないで寝たから、それが玄関のほうから響くチャイムだと気付くのに時間がかかった。

重たいまぶたを上げると、カーテンの向こうは薄暗い。

「……何時？」

壁掛けの時計を確認すると、まだ七時前だ。チャイムがもう一度鳴らされ、もしかして近所で何かあったのでは、と心配になった。

周史《ちかし》はローブを身にまとい、胡乱《うろん》な顔で廊下の先の玄関のほうを覗く。

ちょうど日の出の頃。その玄関ドアのモザイク模様のガラス部分に、たしかに人影がある。

周史は目を見開いた。高哉《たかや》のような気がしたのだ。

――いや……でも、そんなことあるわけないし。

昨晩遅く二十三時過ぎに高哉と電話で話したとき『この山を越えたら』と言っていたくらいなので、あのあとすぐに仕事が終わることなんてないはずだ。この時間に仕事をしていなくても、花房まで来るような余裕はないだろう。

玄関の明かりを点け、半信半疑で「はい……。どちら様……ですか?」と応《こた》えて、のろのろと玄関前まで進む。

「チカちゃ〜ん」

聞こえてきた声に、周史ははっと息を吸いこんだ。

周史のことをそんな呼び方するのは、この世界にひとりしかいない。

周史は寝ぼけ眼《まなこ》からいっぺんに覚醒《かくせい》し、玄関の鍵《かぎ》を開けようと裸足《はだし》のまま三和土《たたき》に飛び降りた。古い引き戸の玄関ドアは、二重ロックのほうの鍵が異様に硬い。

焦って解錠《かいじょう》し玄関を開けるのと同時に、高哉が倒れ込むようにして周史に抱きついてきた。

「たっ……高哉っ?」

「チカちゃーん……。四時過ぎに出て、車飛ばしてきた」

「えええええっ」

びっくりしながら高哉に抱きつかれたまま後退《あとずさ》る。

「げ、玄関、閉めなきゃ、高哉」

高哉が周史の肩口で「はあああ……」と大きなため息をついて、むぎゅうっとさらに強く抱きしめてくるから身動きが取れない。

「行けるところまで行って、もし眠くなったらパーキングで仮眠取ろうと思ったけど」

「ええっ、もしかして寝てないのっ?」

周史は悲鳴みたいな声を上げたが、高哉は「家で二時間だけ仮眠取ったよ。気持ちが昂《たかぶ》ってたから途中で眠くならなかった」とようやく力をゆるめてくれて、互いの顔を見合わせた。

周史の目の前に、高哉がいる。高哉のぬくもりと、よく知っている香りと、周史を抱きとめる腕の力強さを全身で感じる。痛いくらいに胸がきゅうんと窄まる心地になりながら、周史はなんとか自分を保ち「とにかく上がって」と高哉を引き込んで玄関ドアを施錠した。

「チカちゃん、抱きしめさせて」

ほっとしたのもつかの間、さっきのじゃたりないとばかりに、再び高哉の腕に搦《から》め捕《と》られる。周史も高哉の背中に腕を巻きつけ、力を籠《こ》めた。

高哉の腕の中に閉じ込められたまま、蟀谷《こめかみ》の辺りにキスをされて、一度目を合わせたあと、頬にも耳にも立て続けにくちづけられる。くすぐったさと、このままとろけてしまいそうな気持ちよさを感じながら、周史は高哉にいっそう強く抱きついた。

「高哉……」

「会いたかった」

こんな時間にどうしてとか、仕事はどうしたのとか、そういう理性的なものが頭からぜんぶ抜け落ちる。

「僕も……会いたかった」

高哉にくちびるをしゃぶられると、背骨がとけてしまった気がするほど、立っていられなくなった。


ずっと玄関でいちゃついているわけにもいかず、ふたりはひとしきり互いの存在を抱きしめて確認しあったあと、居間に移動した。

「ごめんな、こんな早朝に。どっかのインターで時間潰《つぶ》してもよかったんだけどさ」

「ううん、いいよ」

高哉が手荷物の中から部屋着などを取り出している脇で、周史はオイルヒーターとこたつをあたため、敷きっぱなしだったふとんをわたわたと片付けたりする。

「一月の半《なか》ば過ぎに花房《はなぶさ》に行けたらと思って仕事進めてて、でもどうしても無理で。今日の夜中一時くらいに仕事をある程度終わらせて、準備して、仮眠取って出てきた。思い立った勢いで動いたからさ、チカちゃんは寝てるだろうし、連絡できなかったんだ」

高哉のボストンバッグには、ノートパソコンや仕事のファイルなども詰め込まれている。

「……仕事、終わってはいない……んだよね？」

「まぁ、うん。でも、あともうちょっとだし。リモートワークの環境さえあれば、残りはどうにでもなるってところまで来たから。あ、ちゃんと准《じゅん》には話を通して許可も貰ってます」

周史が昨晩、電話で「会いたい」と言ったために、無理をさせたのではないか。

冷静になってくると、そんな考えが頭をよぎった。

——ごまかせたつもりだったけど……。ごまかせないよね、やっぱり。

申し訳ない気持ちになるが、会えたうれしさのほうがどうしようもなく大きく膨らんでいる。

「あっ、チカちゃんの都合も訊かずにいきなり来ちゃって、先走ってごめん」

周史は「ううん」と首を振った。

「この土日は、家でちょっと作業するだけで、外での仕事の予定はなかったからだいじょうぶ。うれしい。高哉は……土日、こっちにいれるかんじ？」

「チカちゃんさえよければ、もうちょっと」

「えっ、週明けもいてくれるの？」

「水曜にクライアントとの会議があるから、その前にはあっちに戻るけど。でもさ、そういう会議もリモートでいいと思うんだよな、ほんとは……とはお客さんには言えませんが」

年末年始に東京で会ったときよりも、高哉と長く一緒にいられる。それが分かって、周史は全身に歓びが弾ける心地だ。

荷物を整理して、高哉は着替え一式を手に「チカちゃん。いきなり押しかけて、早々に悪いんだけど」と申し訳なさそうにした。

「シャワー借りていい？　お湯は張らなくていいから。ぴゃっと浴びたい」

そういえば、夜中まで仕事をして、車を飛ばして来たと高哉が話していた。

「そっか、そうだよね、お風呂に入る暇《ひま》もなかっただろうし」

「昨日一昨日と、デオドラントシートで身体を拭《ふ》いただけの俺は最高レベルに汚いので。チカちゃんからぜんぶ舐められてもいいくらいに、綺麗に洗ってきます」

高哉の露骨《ろこつ》な言い方に周史は「ぶっ」と噴き出した。

「高哉、ごはんは？　食べる？」

「軽く食べる。あっ、うずらのピクルスある？」

「ごめん、ない……あれは一週間くらい漬け込まないとおいしくならないし……。次に高哉がこっちに来れる日には準備しておくよ」

「んじゃあ……だし巻き玉子が食べたい」

「分かった。作って待っとくね」

周史は思わずうきうきもあらわな声と顔でそう言ってしまい、それを高哉がじっと見つめてくるから急に恥ずかしくなる。

「あと、小松菜と揚《あ》げ豆腐のお味噌汁も、作ろうかな」

テンションをぐっと抑えて告げると、高哉がやさしくほほえんで「チカちゃん、かわいい」とおでこにちゅっと音を立ててキスをした。

シャワーのあと一緒に朝ごはんを食べて、東京から車を飛ばしてきた高哉はさすがに電池が切れたみたいにうとうとし始めた。

「高哉、少し寝なよ。こたつじゃなくて、ふとん敷くから」

「それもう、まじで寝るやつー」

「まじで寝ていいって」

食事の片付けを後回しにして、周史は高哉のためにてきぱきと寝具を準備した。

「居間だとうるさいかもだから、隣の和室に敷こうか？」

気を遣ってそう問いかけたけれど、高哉は「チカちゃんの近くがいい」と言ってけっきょくいつもの居間にふとんをひと組敷いてあげた。

周史が朝食の後片付けをしている間、高哉は半分寝かけた顔で歯を磨《みが》いている。

「チカちゃんも一緒に寝よ」

食器用洗剤の泡《あわ》を洗い流している背後から、歯磨きを終えた高哉が抱きついてきた。

「ええっ……僕は完全に覚醒《かくせい》しちゃったんだけどな」

今日はもともと予定を決めていなかったので、時間はたっぷり余っているが。

高哉にべったりくっつかれたまま洗い物を終えて、二人羽織みたいな体勢で居間へ戻る。

高哉がどうしても手を離してくれず、周史も「はいはい」とまるでおかあさんの気分で高哉に添い寝した。エプロンをつけたままだけど、気にしない。

「着いて風呂して食べて寝たら、夜中に車を飛ばして来た意味がない気もするけどな～」

そうぼやいている高哉の首の位置まですっぽり埋《う》もれるように、上掛けを引き上げてやる。

周史もふとんの中で高哉にくっついて、彼のぬくもりを感じながらほっと息をついた。

「いいんだよ。こんなふうに一緒にいられるなら、何してたって」

食べる、寝る、歩く、ただ呼吸をすることですら。ひとりじゃないなら、しあわせは何倍にもなるんだと、今この瞬間にも実感しているのだ。

高哉が「うん……ありがと」とうなずき、髪にキスをくれたので、周史は満たされた気持ちでまぶたを閉じた。


周史は朝に一度起きると夜まで寝ないタイプなので二度寝はしないと思っていたのに、次にはっと目が醒《さ》めたときには十時半を過ぎていた。

高哉の腕が、周史の身体にのっている。その腕の中から出ようと周史がもぞもぞと身じろいでいたら、高哉が「ん……」と呻《うめ》いた。

「……チカちゃん……？」

薄目で不思議そうにしてこちらをじっと窺《うかが》っているので、高哉は寝ぼけているようだ。

この状況に至った経緯を忘れてしまっていないだろうか……と周史が見守っていると、やや
あって、「……あ、そっか」と高哉は笑った。

「ここ、花房だ」

「はい。花房の僕の家です」

周史がはにかんだら、高哉が「わふわふ」と犬みたいな声を上げながら抱きついて、首の辺りに顔を埋めてくるのがくすぐったい。

「夢見てんのかと思った……目が覚めたらチカちゃんがいるなんてさ……」

「僕が『今すぐ会いたい』なんて言っちゃったから……来てくれたのは高哉なのに」

高哉が突然玄関口に立っていて、夢でも見ているのでは、と思ったのは自分のほうだ。

「俺はずっと『会いたい』『さわりたい』って言ってたけど、チカちゃんは、いつも我慢してたのかな」

「口に出したらとまらなくなりそうでさぁ……きのうは酔ってたし、ぽろっと言っちゃった。だから、高哉に無理させてしまってごめん……」

高哉の胸にひたいをこてんとくっつけて詫《わ》びた。

「チカちゃんに『今すぐ会いたい』って言われて、俺も、何がなんでも会いたくなったんだ」

「でも疲れてるのに長距離運転とか怖いから、もうしちゃだめ」

「うん、もう無茶しない」

高哉にやさしく抱擁《ほうよう》されて、周史も同じように彼を抱きしめた。

申し訳なさもあるけれど、こうなって分かったこともある。

「……僕は、高哉と出会うまではちゃんと恋愛したことなくて、遠距離恋愛っていうのも、分かってるようで、本当には理解できてなかったんだろうね……。なんか、たぶん、ふわっと受けとめてた」

「はじめての恋が遠距離恋愛っていうのは、まぁ……たしかに難しいよね。普通の恋愛でもいろいろあるのに、難易度が高いよな」

高哉がよしよしと頭をなでてくれて、周史は目を閉じた。

「俺だって仕事の集中力切れた途端、頭ん中はチカちゃんでいっぱいになる。そんな状態でうとうとして、家のドアが花房につながってる夢とか見るくらい、本当は毎日会いたくてたまらない。なんかさ……俺も遠距離になって、ビデオ通話だけでつながってても、それじゃ心の底までは満たされない、会えないとこんなにもどかしい気持ちになるんだって痛感したよ」

自分だけじゃなく高哉もそうだったんだ——彼は周史よりだいぶ大人で、いつも周史を受けとめてくれる人だったから、そんな切羽詰まった気持ちでいたなんて知らなかった。

「僕も、『会いたい』って言うと困らせるよなぁ、押しかけると迷惑だよなぁって思ってた。高哉は今、仕事も順調みたいだし、その邪魔はしたくない。大人同士らしいつきあい方をしなきゃ、って。でも、目の前で楽しそうにしてるカップルを見たら、すごくうらやましくてさ……。会いたいときに会えなくて、このまま少しずつ距離も心も離れてくのかなぁ……なんて根拠《こんきょ》もないのに不安になったりして……」

「そんなことしないけど、チカちゃんが言ってることは分かるよ。俺もちょっとおにいさんぶって、会いたいっていうのも冗談みたいに言ってたし……それで不安にさせてたのはあったかも。でも軽く言わないと俺自身が本気で飛んで行ってしまいそうだったから。最初に『俺の想いを信じてもらうために片道三時間、何度だって通う』って言ってたのに、実際はそんな簡単にできなくて、寂しい思いさせて、ごめんな」

それでも謝ってくれる高哉に、周史は「ううん、謝らなくていい」と首を振った。

「遠恋をふわっと受け入れてただけで、僕には覚悟がたりてなかったんだ。ただ高哉のことを信じてればいいのに、それができてなかったんだなぁって、やっと分かった」

「俺もチカちゃんと同じだよ……。ふわっと考えてたんだなって思う」

こんなふうに高哉が飛んできてくれて、愛を示されないと気付けない。自分の幼さを思い知って、そしてようやく、高哉と離れていても彼を信頼する覚悟ができた。

「東京へだって、いつでも会いに来て。迷惑なんて思わないし。俺も花房に来れるときは来るから」

「うん……」

髪をなでられ、指で頬をくすぐられて、上を向かされるのと同時にくちづけられた。互いを愛《いと》おしむ気持ちで、くちびるをふれあわせ、啄《ついば》んで、隙間がなくなるほどぴったりと塞《ふさ》ぐ。

舌先がふれあい、こすりあわせたら、キスをはじめて知ったみたいに頭が真っ白になった。

舌をしゃぶられ、頬の内側や舌下も嬲《なぶ》られると、それがあまりに気持ちよくて鼻を鳴らしてしまう。

「た……かや……、……ん……」

「出掛ける予定、ないんだよな？　急ぎの仕事もない？」

「……うん。ない……」

「誰も訪ねてこない？」

「……たぶん」

高哉が周史のウエストの辺りをまさぐっている。

「……ん？　これどうなってんの？」

上掛けを捲《めく》られ、周史がエプロンをつけたまま二度寝していたことにふたり同時に気付いて、高哉が「あはっ」と笑った。

「これは……、裸エプロンでえっちするためのお膳立《ぜんだ》て？」

「えっ、やだよ。いや。無理。ひと眠りしたら元気かよ」

本気の拒否をすれば、高哉はしつこくしてこない。

「じゃあ、普通に、とろとろになるまでえっちする？　外、明るいけど」

高哉がちらっと一瞥《いちべつ》した、縁側に面したカーテンのほうへ周史も目をやった。高哉は周史の返事も待たずに、エプロンの紐《ひも》をさっそくといている。

「……する……」

のろのろと返事をする間に、邪魔なエプロンと下衣だけ手早く脱がされてしまった。

「あ、東京からこっちに来るのに手土産《てみやげ》とか買う余裕もなかったんだけど。家から忘れずに持って来たものがあるんだよね」

そう言って高哉がボストンバッグを引き寄せ、何かの箱を出して、それを手渡された。化粧水が入っていそうなサイズだ。

「いつも代用してるマッサージオイルじゃなくて、アナル専用のジェル。こういうのは通販でも買えないって、チカちゃんが言ってただろ？」

「専用の、ジェル……」

高哉のあっけらかんとした説明に、周史は耳までかあっと熱くなる。常態的にアナニーなどしているくせに、周史はこういうラブグッズをはじめて手にしたのだ。花房でも大きなドラッグストアへ行けばもしかすると買えるのかもしれないが、人目を気にして売り場に近付いたこともない。

「……高哉が、買ったの？」

「うん。粘膜に使うわけだし、なんかやっぱそっち専用のほうが用途的にいいらしいから」

ぐずぐずして買えない周史と違って、行動力がすごい、と感心する。

高哉がそれを開封して中のボトルを取りだした。迷うことなく蓋《ふた》を開け、てきぱきと周史の上衣をたくし上げて、腹の上にそれを絞《しぼ》り出《だ》す。とろりとした粘液だ。

周史は何も言葉を発せないまま、どきどきしながら様子を見守った。

高哉はにやりと笑うと、そのジェルを指でのばして広げ、周史のやわらかなペニスを包み込むように握る。

「……っん……ふ……」

にゅるにゅると手筒を滑らせるように動かされて、周史は目を瞑り、つま先まできつく突っ張らせた。

「どう？　オイルはさらさらした感触だけど……ジェルはとろとろ……ねばりけもあるね」

冷静に分析などしている高哉と違い、手淫《しゅいん》されている周史はうっかりすると変な声を上げてしまいそうで、息を継ぐのも必死だ。

「こすってると……糸引くくらいねばねばしてきた」

高哉の言葉が耳を素通りする。にちゃにちゃと響く音がいやらしくて、それにも煽られる。

ふいに指の輪っかが雁首をずるっとこすり上げ、その瞬間、周史は「んあっ」と喘《あえ》いだ。

「気持ちいい？　コレ、気に入った？」

添い寝のかたちになった高哉が、周史の耳元で問いかけてくる。周史はこくこくとうなずいて、「……す、ごいっ……」と腰を浮かせた。

絡みつく感触も、オイルとはぜんぜん違う。ジェルには粘度があるために、こすり立てたときに生じる摩擦《まさつ》で強い吸着力が生まれるようだ。

「ジェルじゃないのが、ぬるぬるしてきた」

「た、高哉……、だめ、これっ、僕、イっちゃう……」

溢れる先走りとジェルが混ざりはじめ、最初より滑《なめ》らかになって、それもまたいい。

「ほんとだ。内腿《うちもも》が震えてる。イっていいよ?」

「や……やだ、まだ、やだ……」

「……うしろ? してほしい?」

周史は高哉に縋《すが》りついて、「して」とねだった。

高哉は腹の上の残りのジェルを掬《すく》い取《と》り、それを周史の後孔に塗り込めるようにして拡《ひろ》げる。

「ビデオ通話で、俺としたあとも、こっち、自分で弄った?」

はぁ、はぁ、と息を弾ませて喘ぎながら周史は顔を高哉の胸に押しつけて、「した」と答えた。今指で弄っている高哉はそこの柔らかさに気付いているはずで、だからわざと質問しているのだ。

「チカちゃんは見かけによらず、えっちなんだもんな」

「だってっ……」

太くてごつごつとした高哉の指で、胡桃状《くるみじょう》の膨らみをやさしく揉《も》みほぐされる。すっかりほぐれたところを煽るような指使いで掻《か》き回《まわ》されると、ぐじゅぐじゅと音がし始めた。

自分でも分かるくらいにそこが狭窄して、高哉の指を締めつける。

「中がびくびくしてる……よくなってきた？」

「んっ……ん、そ、それっ……あ、んっ……」

慌てて歯を食いしばり声を呑み込もうとしたけれど、ほとんど間に合っていなかった。

根元まで突っ込まれた指の束《たば》で、泡立てるように奥をくすぐられるのがたまらない。荒い息遣いの合間に、甘ったるい声が漏れてしまう。

周史はほとんど半泣きになり、高哉に抱きついた。

「高哉……」

手を下にのばし、高哉のものにふれる。そちらを覗くと、先端の鈴口に透明の雫《しずく》が浮かんでいた。それは硬く反っていて、周史のものよりずっといやらしくて漢《おとこ》らしいかたちだ。

高哉が自身のペニスを手でこすって、先走りの蜜がこぼれる様を周史に見せてきた。

「……挿れてほしい？」

色っぽい目つきで問われて、周史も興奮した涙目でうなずき、彼の腕を引き寄せる。

脚を大きく広げる格好は、いまだに恥ずかしい。

ジェルを内側にも直接仕込まれて、すぐに、高哉のペニスをそこに宛《あて》がわれた。

「俺も、ほんとは、焦らすほどの余裕ない」

ぬるるる……と彼の硬茎が内壁を舐めるようにして挿入《そうにゅう》される。

「チカちゃん……俺のぜんぶ、奥まで……呑んで、しゃぶって」

「……っんあ……はぁっ……」

彼のペニスをそこで呑み込むように意識すると、緊張しがちな最初の挿入がうまくいく。

周史も自分の身体が高哉のペニスを奥に引き込もうとするのが分かった。

高哉が耳元で「あ……きもちい……」と吐息をこぼすのがうれしい。

「あぁ……んー……っ……」

ジェルのおかげで密着度が高まり、高哉の硬い性器を強烈に感じる。ゆるゆると腰を遣《つか》われるだけで、周史は脚を突っ張らせた。

「ん……んっ……すご……い……高哉……はぁ、はぁっ……」

「このジェル、やばい、な……。めちゃめちゃ気持ちいい……」

「あー……あぁ……あぁっ……」

「腰、とまんな……」

覆い被《かぶ》さってきた高哉にしがみついて、彼のリズムに合わせ、深い快楽を得る行為に夢中になる。振り幅《はば》の大きなストロークでピストンされると、ジェルの粘りも手伝って、内壁ぜんぶを掻き回されるかんじがするのだ。ぐじゅぐじゅと卑猥《ひわい》な音で、耳まで犯されているみたいで興奮を煽られる。

高哉に手のひらで腰から臀部《でんぶ》の肌をさすられるだけで、それが鋭い快感になった。息遣いをすぐ傍で感じること、匂い、熱さ、彼のそんなすべてに全身が歓喜する。

「やっぱり……こんなふうにちゃんと抱きあえるのって……ぜんぜん、違う……」

高哉が何を「違う」と言っているのか、周史には伝わった。きっとふたりとも同じ気持ちだ。

周史が高哉の腕にふれるだけでそこはびくっと跳ねるし、抱きついただけですぐ傍の首筋が粟立《あわだ》っている。画面越しではないリアルな存在感にあてられ互いを強烈に感じているのが、ぴたりと合わさった肌にずっと伝わっていた。

「肌と肌がくっつくのも、こんなに気持ちよかったっけ……チカちゃんも気持ちいい？」

高哉がくちびるや指でふれるところぜんぶ、肌が立ち上がるような感覚で、周史は声にならずにこくこくとうなずいた。彼の腕の中に閉じ込められてかわいがられ、多幸感でふわふわする心地だ。

泡立つほど攪拌《かくはん》されたあと今度は小刻みなリズムで、濃い快感を得るスポットを執拗《しつよう》に狙《ねら》われるのもたまらない。

「……あぁっ……やっ……そこっ、イっちゃう……」

「ここね、いっぱいしてあげる」

「……っ……っ……」

硬い尖端で奥壁を抉《えぐ》るように突かれ、声も出ないくらい脳髄《のうずい》が快感で痺《しび》れる。

「もうイく？　いいよ」

高哉に自慰《じい》をするように導かれ、自分で摑むと、ジェルと淫蜜でとろとろのペニスは今にも弾けそうだ。ひくひくと喉を仰《の》け反《ぞ》らせて快楽を享受《きょうじゅ》し、前を何度かこすり立てただけで絶頂感がきて、髪にキスをされながら周史は極まった。

「――っ……！」

「お……すごい……痙攣《けいれん》してる……」

高哉の硬茎を食《は》むように後孔が収斂《しゅうれん》するのが、自分でも分かる。

愉悦に浸《ひた》り、それを逃したくなくて、彼のペニスに自ら内襞《うちひだ》をこすりつけるように腰を遣うと、さらに濃厚な快楽を得られた。あまりの気持ちよさにそれがやめられなくなり、イきっぱなしになる。このままどこまでものぼりつめそうな気がして怖い。

ひとしきり彼のペニスを味わい、何度ものぼりつめたあと、周史はふうっと脱力した。

緊張していた肉が弛緩《しかん》し、頭からつま先まで全身がとろけて、まったりとした心地だ。

「……はぁ……はぁ……はぁ……」

脳が甘いシロップに浸かっているみたいに陶然として、胸が大きく上下し、まぶたを上げると視界が涙で曇《くも》っている。

「チカちゃん、今の、すごい気持ちよかっただろ」

「……うん……」

「夢中で腰振って、とろとろ」

「……ん……」

快楽に爛《ただ》れただらしない顔をしている気がして、両手で覆い隠すと、その手を高哉に摑まれる。そのまま手綱《たづな》みたいに引かれ、深く結合したペニスを軸《じく》に再び高哉が動き始めた。

「あっ……あぁっ……」

身体が上に逃げられないから、ゆったりと最奥《さいおう》を抉るような腰遣いで責められると、快感が脳天まで響くようだ。

ふいに動きがとまると今度は腕を引っ張り上げられ、高哉に跨《また》がる格好で抱きあった。

「上も脱ぐ？　寒い？」

高哉がスウェットの中に手を入れてきて、乳首《ちくび》をひっかいたり、揉んだりして弄ってくる。

「はぁっ……んっ……」

「気持ちよさそ……乳首舐めてあげる」

そんなふうに誘われて上衣を剝がれ、つながったまま高哉も自身の服を脱いだ。

高哉の手や一部だけじゃなく、胸や身体のすべてが素肌に直接ふれて気持ちいい。

「これ、抱っこの体位、好きだよね、チカちゃん」

「……ん……好き……」

対面座位は甘ったるい気分で抱きあえるし、高哉のものがそれまでと違う角度で強くこすれるのも気持ちいい。乳首を舐めたり吸われたりなど、口を使って愛撫《あいぶ》されるのもいい。高哉に「こことここに手ついて」「うしろに少し身体を反らして」と教えられたとおりにすると、快感で膨らんだ胡桃から奥まで、彼の硬茎で満遍《まんべん》なく抽挿《ちゅうそう》してくれる。さらに手淫までされたら、嬌声《きょうせい》を上げずにいられない。

こんなに気持ちいいことがあるなんて、高哉とこうなるまで知らなかった。

身体をひっくり返され、次は四つん這《ば》いで背後からつながる。

ひどく猥《みだ》らな気分になって、小さく弾む声をひっきりなしに上げた。

「……こ……れも、好き……っ……、んっ……」

「うしろから、ぐちゅぐちゅ音がするまで、奥を突かれるの好きだよね」

快感で脳を震蕩《しんとう》させられ、全身が甘ったるく痺れてしまう。高哉は激しくなんてしなくても、うまく最奥に嵌《は》めて揺さぶってきて、いつも意識が飛びそうになるのだ。

徐々に抽挿のスピードが上がる。ピストンの衝撃で身体が前後し、快感で涙が滲《にじ》んでいるせいもあって、視界が定まらない。

「俺もう、イきそう……中に出していい？　背中？」

「……な……か、中にっ……奥に……！」

最後の律動《りつどう》の最中に乳暈《にゅううん》をやさしくつままれて、頭が真っ白になる。

高哉に強く抱きしめられたまま自分の最奥で熱いものがしぶく感覚に誘引され、周史も一緒に極まった。

高哉とここで最初にしたときも、こんなふうに陽が昇ってからだったなぁ、なんて考えながら身を起こす。まだ中に高哉がいるような感覚が残っていて、なかなか日常に戻れずにいた周史はまぶたをこすった。

「……昼前に、今日が終わった感……」

周史がつぶやくと、高哉はふとんに仰向《あおむ》けで寝転がったまま「あはは」と笑っている。

抱きあったあと、ついさっきまでふたりとも真っ裸でいちゃいちゃしていた。

「……ちょっともう、丸出しって……下着つけて。僕、シャワー浴びてくる」

中出しされた精液を洗い流さないと。セックスの最中は異様に気分が昂っているから「中に出して」と言ってしまうが、あとからちょっとだけたいへんだ。

――でも……中に出されてる感覚が気持ちいいっていうか、うれしいんだよな……。

吐き出されるのを後孔のふちで感じる。それをリアルに思い出す。

あの瞬間、周史は彼のすべてを自分のものにできたような、心が隙間なく満たされる気がするのだ。

射精《しゃせい》されることそのものが快感になることはないのだろうけれど、今日は画面越しや妄想では得られない愉悦に昂って身体の芯が悦《よろこ》びで沸騰《ふっとう》し、最後の最後にも極まってしまった。

——どんだけ欲しがりなんだ、僕は。

自分のことは、自分にだけはごまかせない。

高哉の負担にはなりたくないと思っているのも本心だけど、遠距離になった分、どうしようもなく彼の愛を、かたちとして欲しがってしまうのだ。

仔犬の見学を申し込もうとペットショップのオーナーに連絡してみたところ、「今から来れそうでしたら、どうぞ」と快諾《かいだく》されたので、その日の午後に高哉《たかや》と向かった。

「タイミングがよかった。俺も仔犬ちゃんに会ってみたかったんだよな」

そう言って車の助手席でのんきにしている高哉と違い、周史《ちかし》は少々緊張の面持《おもも》ちだ。

あの仔犬が売約済みになっていないというだけでも、縁があるような気がする。

まだ飼うと決めたわけではない。でも大きな決断をするかもしれないこんな日に、高哉も偶然、花房《はなぶさ》にいる。

――まだ……分かんない。僕は、今日どうするんだろう……。

どきどきしながら周史は車を走らせた。

ペットショップに急な訪問となったけれど、仔犬が元気でごきげんなグッドタイミングだったらしい。

仔犬と対面するための部屋に案内され、高哉と待機する。仔犬が来るのを待つ間『おすすめのペットフード』『ペット保険について』などが書かれたポスターに目を通した。

そうしているうちに、オーナーがふわふわの毛玉みたいな仔犬を抱《かか》えて現れた。あのベージュとクリームのパーティーカラーの女の子だ。

「ひ、ひさしぶりっ……って犬に向かって変……かな」

周史は再会のうれしさのあまりに、思わずおかしな挨拶をしてしまった。

オーナーはプレイスペースにひとまず仔犬を入れ、「犬を飼われたことは？」と訊ねてきた。高哉が「わたしは子どもの頃に実家で小型犬を飼ってました」と答えている。

まだこの仔犬にふれたことがない高哉が、抱いてみることになった。小さいからおっかなびっくりで、あわあわしているのがおもしろい。

「……やっぱい……かわいい……アンちゃんもかわいかったけど、仔犬のかわいさはほんとにやばい。やばい。めっちゃかわいい。やばいとかわいいしか出てこない。語彙力《ごいりょく》崩壊するー」

仔犬はいやがることなく高哉の腕の中にすっぽりおさまっている。高哉の前腕に頭をのせ、リラックスしている様子で気持ちよさそうだ。

「俺とも仲良くなれそうだね～」

高哉は抱き上げた仔犬に同意を求めて「そうかそうか、仲良くしような～」と勝手に話を纏《まと》めるから、周史は笑ってしまった。

オーナーから「お写真や動画もどうぞ撮ってください」とすすめられ、周史も仔犬を抱っこして高哉と並んで撮ってもらったりした。柵《さく》で仕切られたプレイスペースの中で駆ける仔犬の姿や、おもちゃで一緒に遊ぶところを動画でも撮影する。

説明を含めた見学時間三十分はあっという間だ。

「この子とご縁がありますように」

そう言って見送るオーナーと仔犬に手を振って、ペットショップをあとにした。


海沿いのカフェでコーヒーを飲みながら、迎え入れるまでに揃《そろ》えておく必要のある備品、諸経費についてなど、細かく書き込んだ手帳を眺めた。

「……迷ってる?」

周史は手帳から顔を上げて、「う……ん……」とためらい混じりで返す。

「チカちゃんが『よし!』ってなれないのは……、病気やケガから護って大切に育てて、一緒に暮らす家族みたいな子が、自分よりずいぶん早く先立つことを考えちゃうからかな?」

高哉の問いに、周史は答えるのを少し迷って、小さく息をついた。

「……こんなに怖いのって、変かな。たぶん……僕は、人でも動物でも『生死』の場面に立ち会ったことがなくて、知らないから、だからよけいに怖いんだと思うけど……。とりわけ、大切に育てて護ってきた子が死んじゃったとき、僕は、それを受けとめきれるかな……その悲しさとか寂しさに耐えられるかなって」

「アンちゃんとさよならしたときも、相当だったしな」

「ああいうとき、心に穴が空《あ》いたみたいって表現するけど、ほんとに、そんなかんじだった」

今はもちろん、アンちゃんは飼い主のもとでしあわせに暮らしているに違いないし、一時的に保護していただけだったから気持ちを切り替えることができている。

「人も動物も、死んだらどこへ行くと思う？　それとも、消えて『無』になるのかな」

突然の問いかけに、周史は目を瞬かせた。

高哉がした質問に、子どもの頃なら迷わず「天国」と答えたと思う。そういうものだと、幼年期に読んだ絵本などから学んだからだ。

「え……うん……どこか遠く、会えないくらい遠く……だったら、天国かな。『無』はいやだな。でも目の前からいなくなるから、僕にとっては『無』になるのかな……」

そこにあったはずのぬくもりがなくなる。ふれられなくなる。いくら「天国へ行きました」といわれても、そこにいなければ『無』だ。

「たとえ見えなくても、会えなくても、どこかに、存在していてほしい？」

周史はうなずいた。大切なものが消えてなくなってしまうなんてつらいから、そう信じたい。

高哉は周史にやさしくほほえんで、息をつき、ゆっくりと話し始めた。

「俺が子どもの頃に飼ってた犬は、俺の腕の中で息を引き取ったんだ。小学五年生だったけど、今でも覚えてる。里親捜《さが》しで譲ってもらった犬で、白かったから『シロ』って名前で。死んだ瞬間って、分かるんだよ。その感覚がずっと腕に残ってて、その日はもう泣きすぎて、次の日はまぶたぱんぱんだったし、学校に行けなかったな……」

高哉は、どこか遠くの、天国にいるその犬のことを想って、窓の向こうの海を見ながら話している。

出会った当初にも、その犬のことを高哉が少しだけ話してくれたのを思い出した。あのとき高哉は「大切なものを失ってから感じるさみしさは、自分の身体のどこかが千切れてなくなったような痛み」だと言っていた。

「火葬《かそう》してあげて、シロの骨を小さな骨壺《こつつぼ》に入れてもらって抱えて帰った。骨壺の中にいるのは確実にシロなんだけど、ガキの俺は頑《かたく》なに『これはシロじゃない』『シロはこんなかたちじゃない』とか思ってて。シロはもとの姿で、天国にいるんだって信じようとしてたのかな」

まだ幼い小学五年生なりに、犬の死を受けとめようとしていたのかもしれない。何歳だろうと関係なく、つらい経験だっただろうと思う。

「……あぁ……うん、分かる気がする……」

「天国ってのは、死んだ者のためじゃなくて、残された者のためにある国なんだよ、きっと」

「残された者のため……？」

「よすが、っていうのかな」

つまり、その子は天国にいるというのが、心のよりどころになると。

「死んだから、俺の前から消えてなくなったんじゃないんだって。俺からは見えなくても、遠くからシロがずっと見守ってくれてるって。そう考えたら、寂しい気持ちが慰められて、ちょっと心がラクになったっていうか。むしろ、あったかくなった気さえした。動物だって人だって、先立たれるのはそりゃ寂しいけど、その死を受け入れるのは怖いことじゃないって思えたんだ。だからその次の日は登校したし、給食もばくばく食った」

周史は涙目になりながら、高哉の話の最後のオチに笑った。

何年経とうと思い出せば胸苦しくなるに違いない記憶なのに、高哉は話してくれて、いつかは必ずおとずれる死というさよならを、周史にとって少しだけ前向きに、怖くないものにしようとしてくれたのだろう。

「うん……うん……、話してくれてありがとう」

最後の不安を払拭《ふっしょく》されたら、胸にさぁっと風が吹いたような心地になった。

高哉は周史に向かってにこりと笑い、コーヒーを飲んでいる。

高哉は「飼っちゃえば」とけしかけたりはしないけれど、以前もペットを飼いたくなる心理について『愛情を注ぐことで、自分自身が幸福な気持ちになるから』だと話したり、ちょっとだけ背中を押してくれている気がする。それも、周史が本当は飼いたい気持ちがあるのを知っているからだ。

「高哉は？　あの子がうちにいたら……どうかな」

周史の問いかけに、高哉は目を大きくした。

「うん……しあわせが倍になるよね。だって花房にチカちゃんだけじゃなくて、あの子もいるんだよ？　花房に来る楽しみも倍になる。それに俺がいない間、チカちゃんの寂しさをほんの少し紛《まぎ》らせてくれる、俺にとって頼れる存在になってくれそうだなって思うよ」

以前も高哉は『俺がどんなに想っても傍にいられないし、チカちゃんを癒やしてくれる子がそこにいてくれたらいいなって思う』と話していた。

「命を護るって、すごく強い力が必要だ。それにはもちろん俺も協力するし、あの子がいることで俺とチカちゃんの絆《きずな》をもっと深めてくれそう。チカちゃんが大切にしたいものを、俺も大切にしたい。ふたりで育てて、大切にしようよ。だから俺は大賛成です」

周史の中にあと少したりない決意に力をくれる。だいじょうぶだよと、そっと最後におしえてくれている。

遠距離恋愛のこともそうだった。「俺のこと信じてないの」とこちらが罪悪感を伴《ともな》ってうなずくしかないような、ずるい言い方を高哉はしない。もちろん「信じろ」なんて高圧的にも言わないで、寄り添って安心させてくれる。

遠くで見守ってくれていると信じていれば、やすらかな気持ちでいられる――遠距離の恋愛とペットのことはぜんぜん交わらない話だけれど、心の持ち方ひとつなんだと思えた。

「ありがとう。ひとりじゃないって思ったら、勇気が出た。ペットショップに、今から戻っていい？」

高哉は「いいよ、もちろん」と軽く答えてくれた。

時間を確認するともうすぐ十七時。電話で先に購入の意思を伝えたほうがよさそうだ。

「仔犬ちゃんを家にお迎えするまで日にちがあるし、いろいろとゆっくり準備もできるね」

「ど、どうしよう。あした、もっと大きなショップとか行ってみようかな」

ケージにしてもいろいろ見てみたい。

「俺もつきあうよ。日曜はもともと仕事を休むつもりで来てるから、だいじょうぶ」

「僕の仕事は、今夜中に終わらせる」

そうと決まれば、カフェでくつろいでいる暇はない。

ふたりはばたばたと席を立った。

東京の高哉《たかや》とビデオ通話をする約束の時間になり、周史《ちかし》はいつものようにテーブルにスマホスタンドを設置した。

ばたばたと慌ただしい。ついさっき仔犬がうんちをして、それをかたづけたり、ケージの掃除などをしていたからだ。

あのポメラニアンの女の子は、成約から十三日後となる生後六十日目の午後に、周史の家にやってきた。それがおとといのこと。お迎えした初日こそ、仔犬は「おそるおそる……」というかんじで家の中のあちこちを探検して、物陰に隠れたりしていたけれど、もうすっかり慣れたようだ。

日中に周史がパソコンの前に座っていると、その傍でお昼寝したり、台所に立つとわざわざ足もとで遊んだりするのがかわいい。

まだ小さくて危ないので、手が放せないときはケージの中へ。ケージの外にいるときはときどきトイレを失敗しそうになるから、そんなときは気配を察知して猛ダッシュだ。

高哉とビデオ通話がつながって、仔犬がきてはじめてのご挨拶をすることになった。周史は仔犬を抱っこして、スマホカメラの撮影範囲内に入るのに必死だ。

『おお～！　仔犬の名前、決めた？』

「うん。『リリ』にした。毛色がベージュとクリームだから和菓子とか洋菓子とかも候補に挙《あ》がったんだけど、ユリの花のリリーから取って。呼びやすいし」

『あー、病院で呼ばれるときとか、散歩中に呼ぶこともあるからな。いいじゃん。リリちゃ～ん、おっさんのこと見えますかぁ～』

「わっ、わっ、わっ」

急にスマホの画面から周史が消えて、高哉は『えっ、どうした？』と困惑の声を上げている。

「遊びたいから、抱っこはいやだって。逃げられた」

もうすっかり周史の家に慣れて、勝手知ったるで自由に動き回っている。

『じつはおてんばさん？』

「どうかな～。でも騒々しいとかはないよ。おとなしいんじゃないかな、たぶん」

ネットやテレビで見るペットの映像や、アンちゃんとしか比べられないが。

「あ、高哉、いろいろ揃えるのにつきあってくれてありがとう。通販分もぜんぶ届いたよ」

高哉がケージやキャリーケースなど、仔犬をお迎えするのに絶対に必要なものを揃えてくれたのだ。

『いえいえ。俺も早くそっちに行ってかわいがりたいなぁ』

リリをお迎えする日に仕事を休めたら……と高哉は話していたが、それはどうしてもかなわなかった。

「高哉がペットだったときに使ってたドッグフード容器、やっぱなんかキムチの匂《にお》いがついてる気がして、新しいの買ってきた」

『あははっ、そりゃそうだろう。それにリリちゃんは女の子だから、青ってのもな』

高哉が欲しがって買った初日にキムチ鍋《なべ》をしたせいで、容器の内側の白い部分をキムチ色に染めてしまい、ふたりで笑ったことを思い出す。

ペットごっこをしていた人と恋愛して、恋人になって、今度は本当にペットを飼ってしまうなんて、人生は何が起こるか分からない。

「あっ、リリちゃん、来たー」

さっきは「いやでーす」というかんじだったのに、今はもう「抱っこして」だ。勝手気ままな仔犬を抱き上げると、眠そうな目をしている。その表情がかわいくて、こっちまで顔がふにゃっとなってしまった。

『チカちゃん……リリちゃんが来てよかったな』

「うん。手がかかって、めちゃめちゃかわいくて、毎日楽しいよ」

『俺も今すぐそっちに行きたいよ』

リリの前足の肉球が映るように高哉のほうに向けて見せる。

「早く花房に来てくださ〜い」

『ぐあああっ……かわいいなぁ、もう。かわいいが画面の中で大渋滞してる！』

東京の高哉と、花房《はなぶさ》の周史とリリというビデオ通話スタイルになり、仔犬と一緒の新しい生活がスタートした。


リリが周史の家の子になった二月は雪がちらつく日もあったけれど、三月に入って半ばをすぎれば日中はおだやかな気候で、散歩するのも気持ちいい。

「リリ、春の匂いがするね〜。緑の匂い」

アンちゃんと高哉と散歩をしたときに遊んでいた土手《どて》に、周史は腰を下ろした。リリはリードの先のほうの背の低い草むらで、ころころと葉っぱとたわむれている。その様子をスマホで撮って、周史は母親にＬＩＮＥを送った。

リリがうちに来てから、母親への連絡の頻度《ひんど》も上がった気がする。リリの写真と『元気？』というとくに用のない短いメッセージでも、互いの様子を知ることができるし、母親もこの他愛ないやり取りを喜んでいるようだ。

「リリ、今日はお風呂入ろうな。だからいっぱい汚れていいよ」

リリの行動やすべてがかわいくて、周史はひとりのときも笑顔でいることが増えた。パソコンにかじりついていると運動不足になりがちだが、「散歩行かなきゃ！」と毎日かならず身体を動かすようになったため、より健康的にもなった。

母親からのメッセージに『リリちゃんも元気そうね。今度こっちに来るときは連れて帰ってきてね』と書いてある。周史はほほえんで『ＯＫ』のスタンプを返した。

リリはケガをしたり病気にかかったりすることなく、順調に育っている。ワクチンのスケジュールなどはかかりつけ医からお知らせのメールが来るので、うっかり忘れる心配もない。

「周史くん」

「あ、桑田《くわた》のおばあちゃん」

桑田さんは土手を歩いてきたらしい。いつもの農作業用の服じゃなくて、こぶりのバッグを持っておしゃれをしている。

「おでかけだったんですか？」

「町のホールでね、習い事の発表会があって。おじいさんは盛り上がっちゃって、打ち上げでまだお酒を飲むって言うから」

「えっ、置いてきちゃったの？」

「だってたいへんよ。息子があとから車で迎えに行くことになってるから、だいじょうぶ。わたしはお友だちとコーヒーを飲んで、その帰り。気持ちいいから歩いて帰ろう～って」

桑田さんは次にリリを見つけて「あら、リリちゃ～ん。こんにちは～」と、くしゃっとした笑顔になった。桑田のおじいちゃんもリリと会わせたとき「しゃれた名前付けてもらって～」とよしよししてくれたし、散歩をしているとリリをきっかけに名前も知らない人に声をかけられたりする。

「そうだ。いつもの白菜キムチと、きゅうりとか大根とかごろごろ入った野菜キムチがいいかんじにできそうだから、連絡するわね」

「好き！　やった。楽しみ。あ、やばい。もう口の中がよだれでいっぱいになった」

それから途中の分かれ道まで桑田さんと一緒に散歩した。

とくになんてことはないけれど、平穏でしあわせな毎日だ。

「リリ、いったん足洗っておうち入ろう」

庭の小さな洗い場で、リリの足についた土を落としてあげる。

――……でもやっぱり、今ここに、高哉がいてくれたら……もっといいのにな。

以前にも増してビデオ通話を頻繁にしているけれど、やっぱりリアルな高哉のぬくもりを感じたい。押しつぶされるくらいに抱きしめられたい。

リリと散歩して、桑田さんちの畑で野菜を収穫して、それで夕飯を作って――そんななんてことない普通の毎日は、高哉がいてくれたらもっと華やぐと思うのだ。そう考えるから、いっそう高哉への想いが募《つの》るようだった。

前回の連泊からすると一ヵ月ぶりに、高哉が一泊だけど花房へやってきた。土曜の午後に到着して、日曜の夜には東京へ戻らないといけないらしい。

周史の家でリリと高哉が会うのは、今回がはじめてだ。

「うわぁ、なんか画面で見るよりちょっと大きい。というか、成長した？」

高哉からおみやげと称して、リリには仔犬用のおやつ、周史には一緒に食べるつもりのアンティパストセット、今回は桑田さんや累人《るいと》にもお菓子を買ってきてくれた。

「前回はばたばたで、おみやげにえっちなジェルしか持ってこなかったからな」

「言い方」

周史は肩を震わせて笑った。

「リリ、おっさんのこと覚えてる？　リリちゃんのあのケージとか、このおもちゃとか、買った人なんですけど」

リリは訳が分からずも、高哉の前でくるくると回って一途に見上げる。高哉は「そっか～、分かるのか～、かしこいな～リリちゃん！」とリリを抱っこして上機嫌だ。

「はい、次はチカちゃんも～、ハグしよ～」

「……しゃべり方がリリとごっちゃになってるよ」

苦笑いしながら、周史は高哉の腕の中に収まった。ぎゅうっと抱擁《ほうよう》されて、身体の芯まで高哉のぬくもりが染み込んでくる心地がする。周史は目を瞑って、その甘いしあわせを享受《きょうじゅ》した。

「あぁ……チカちゃんだ……。リリちゃんに会いたいのも相まって、なんかこの一ヵ月長かった――……会いたかった」

「僕も……なんかすごく寂しかった……。会いたかった。一緒に散歩したいな、遊びたいなって、リリと何かするたびに思って……。ここに高哉がいたら顔を見合わせて笑えたのになって、何度も……」

「うん……二人で散歩しよ。おもちゃで遊ぼう」

抱きしめられたまま高哉にやさしくキスをされて、周史はそれだけでとろける心地だ。

百回のビデオ通話より、こんなふうにたった一回抱きしめられるほうが何倍もしあわせだし、心底安心できる。頭で考える以上に身体が激しく歓喜して、周史はそれを実感した。

それから二人でリリとおもちゃで遊んで、リリの散歩がてら、桑田さんちへおみやげのお菓子を届けたりした。累人は仕事中だから、とりあえずメッセージだけ送信しておく。

夜になって、高哉が買ってきてくれたアンティパストセットに合わせてパスタにした。以前高哉にリクエストされたピクルスも、今回はちょうどいい具合になるように漬《つ》けておいたので、それもテーブルに並べる。ひとりだと絶対に飲まない高そうなワインも開けた。こういうしゃれたものはかならずといっていいほど、母親からの贈り物だ。

「チカちゃん」

あらたまった声で高哉に呼ばれ、彼のどこか緊張が覗く顔つきに気付いて、周史は飲んでいたワイングラスをひとまずテーブルに置いた。初対面のときからいつも厚かましいくらいにリラックスしていた人なのに、打って変わって急に姿勢を正したりする。

周史も、なんだろう、とどきどきしながら話を聞く態勢になった。

「今日は『リリに直接会いたいし』って言って、来たけど」

「……うん」

ビデオ通話で高哉がたしかにそう言った。リリの姿を見るのはいつも画面越しで、周史も「そうだよね」とうなずいたのが一週間ほど前のことだ。高哉は何度も『そっちに行きたい』と話していて、それがようやくかなったのだが。

高哉が「えーっと……どこから話そう」なんて言いよどむから、周史は今度こそ「えっ、何っ」と身構えた。何か悪い話とか、よくない報《しら》せだったらと、漠然とした不安が一瞬頭をよぎる。

――これまで以上にこっちに来られなくなるとか……もっと遠くへ行くとか……？

勝手に思い浮かべた『悪い話』に、周史は正座の膝の上でこぶしを握った。

そんな周史の反応に、今度は高哉が「チカちゃん、だいじょうぶ。怖い話じゃない」と慌てている。

「チカちゃんと離れて東京で仕事して、こうやってときどき……一ヵ月に一回とか、そんな頻度でしか実際は会えてないなって……がんばってこっちに通うからって言ったのにさ。俺は相方と立ち上げた会社があって、自分の勝手ばっかりはなかなかできなくて」

「……でも、それは納得してるし……」

寂しくはあるけれど、こういう恋愛を自分が選んだ。最初にあった理想どおりに会えないことだって、互いを想いながら仕事をがんばった結果だ。高哉だけのせいでもない。

「うんうん。ありがと。でもさ、これから先、人生まだ長いじゃん。いくら遠くで見守ってるっていっても、死ぬまで、こういう生活……って、どうなんだろ……って。離れててもあたたかさが伝わる存在であればいいや、とは思えない。ペットから貰うしあわせもあっていいけど、俺だけがチカちゃんにしてあげられることっていうのが、あるんじゃないかと……」

いつもとは違うまじめな態度で語る高哉に、周史はただうなずくことしかできない。まだ話の全貌《ぜんぼう》が見えなくて、ますます不安な顔になってしまう。

「で、これから先のこと、相方の准《じゅん》に相談してたんだ。会社経営、リモート含めた仕事の方法、お互いの生き方とか。准にも家族がいるし……あ、あいつんとこも子どもができて……と、その話はちょっとまたあとでするとして……」

高哉は「話が長くてゴメン」と苦笑している。

周史はなんと返したらいいのか分からず、ぎこちない愛想笑いになった。

互いにしんとなり、高哉はまじめな態度というより、話し始めてからいっそう緊張を深めているように映る。

周史の鼓動《こどう》もどんどん速くなり、まさにピークに達したとき。

「結論から言うと……俺も、花房で暮らしたいなって思ってます」

「――……えっ⁉」

思いがけないことを告げられ、周史は瞠目《どうもく》し、悲鳴みたいな声を上げてしまった。

「花房の……、チカちゃんさえよければだけど、ここで一緒に」

驚いた顔のまま目を瞬かせ、周史は口を開いたものの言葉が出ない。

「チカちゃんの意見も都合も訊かずに、俺が勝手に盛り上がってしまって、ごめん。チカちゃんはまだ若いし、そんな先のことまで考えてないかもしれないし、准にも『おまえひとりで先走ってない？』ってずいぶん咎《とが》められたんだけど……」

――高哉が？　花房に？　ここで一緒に？

びっくりしすぎて、高哉の言葉を頭で反芻《はんすう》するだけになる。

「……花房に……移住する……ってこと？　高哉が、うちに……？」

「うん。チカちゃんが許してくれるなら、そうしたい」

自分の理解がにわかに信じ難《がた》く、すでに説明されたことを何度も訊き返してしまう。

今まで一度も、彼がそんな考えを持っているとは聞いたことがなかった。

高哉のＣＭプランナーという仕事は、当然東京を拠点としている。プロデューサー兼ディレクターである相方との共同経営の会社もそこにあるし、抱えている社員だっている。高哉が東京を離れるなんてあり得ないと思っていたので、花房へ移住してほしいと考えたことすらなかった。

「……し、仕事はっ？」

仕事を辞めてこっちへ来たいと言っているなら、とんでもないと思ったのだ。

「仕事のことは、なんとかなりそうなんだ」

「なんとかなる……って……？」

あっさり納得できずにいる周史の前で、高哉はおだやかな笑みを浮かべている。

「時代は変わったと思わない？　俺の場合は、会社に必ず出社しないと仕事ができないわけじゃない。話す必要があればビデオ通話でいいし、メールもデータのやり取りをするオンラインストレージも、それに耐えうるネット環境さえあればリモートワークが可能だ。もちろん、直接顔を合わせて言葉を交わすのも、ぜったい大切だと思う。仕事も人間関係もコミュニケーションなしには円滑《えんかつ》に進まない。だから必要なときは上京するってかんじで」

高哉の説明は理解できるけれど、頭で思い描くとおりに物事が進むのだろうか。

たしかに近頃はリモートワークやテレワークといった働き方の変革についてよく耳にするようになったけれど、彼だけの決意や努力でどうこうできる問題じゃなく、多くの人を巻き込んでいる気がしてならない。

「相方の、十和田《とわだ》さん……困ってない……？」

「最初はそりゃ、戸惑ってた。相談した人の中には『無責任じゃないか』って言う人もいた。なんでも新しいことを始めようとすると、必ず反対論者は出てくるものだし、批判もされる。でもそこから学ぶこともある。だからひとつひとつ、可能だって証明するしかない」

つまり高哉は、仕事仲間の不安を払拭《ふっしょく》するべく、マイナス意見を汲《く》み取《と》って昇華させた、ということなのだろう。

「とはいえ、やってみなきゃ分からない。だから、俺は最近、自分の会社に出社してない」

どや顔で宣言されて、またしても周史は「ええっ？」と仰け反った。

「自宅と会社のリモートでどこまで仕事ができるか、試してた。想定できる弊害《へいがい》もあるけど、予期できないトラブルや不都合があったときはどう対処すればいいかとか、シミュレーションしてる」

そういえば高哉とビデオ通話をした際に、『リモートワークが可能か実証実験も兼ねて家で仕事してる』と話していたことがあった。翌日の早朝にいきなり高哉が花房にやってきた頃だ。

「じゃあ……リモートワークの実験とか言ってたときには、もうそのつもりだった……ってこと？」

高哉が静かに首肯《しゅこう》する。

心配無用とでも言いたげな彼の説明と、ここへきてやたら自信ありげな態度の意味が、やっと分かってきた。

あらゆる事態を想定し、周りに迷惑をかけることなく移住できるという確証をすでに得ているから、高哉はこうして周史に『花房移住計画』について明かしているのだ。

「えっ……高哉が『そっちに住むかも』とか何回か口に出してたのって、もしかして、冗談なんかじゃなく……」

「冗談っぽく言ってたけど、本気だったよ。ただ……そのときはまだ『できる！』って確約できる段階じゃなかったってだけ」

高哉は一度だけじゃなく、その前から「チカちゃんを一日中なでまわしたり、舐めまわしたりするために俺も花房に移り住めば……」などと言っていた。

移住計画を明かしたいけど明かせない――高哉はそんな焦れた気持ちでいたのだろう。

「ずっと匂わせてたなんて……僕は冗談だと思ってぜんぜん気付かなかった……」

「舐めまわしたい等々含め、ぜんぶ本気でした、はい」

まじめな顔して、高哉の発言はずいぶんエキセントリックだ。

「高哉のそれは冗談だと思ってたけど……でも、僕もここに高哉がいてくれたら毎日もっとしあわせなのにって、何百回も考えたよ。考えたけど、それは無理なことだしって……。あ……でも僕も、仕事の方法が基本的には同じか……」

編集部に席はあるがほとんど自宅で仕事をしていて、毎日は出社していない。ただ、近くに職場がある周史と違い、高哉はトラブル時の対処や急に出社が必要になった場合、東京の会社まで三時間もかかってしまう部分がだいぶ大きな障害になりそうだ。

「たしかに東京まで三時間の距離はネックかもだけど、俺たちの仕事でそんなに緊急事態も起きないだろうと。ＣＭ制作はスケジュールが基本的に決まってる。最近はクライアントとのリモート会議も増えてる。納期を守る、作品のクオリティを下げない、いや、上げていくってかたちにできたら問題ない、という結論に至りました」

なかなか会えないと思っていたら、そんなふうに話が進んでいたとは。

「もちろんそんな希望的観測だけじゃ説得できないから、仕事もがんばった。今がんばんなきゃいけないことを優先したために、なかなか花房に来れなかったわけで……そのせいでチカちゃんを寂しくさせてしまったけど」

きっと「やろうと思ってる」という段階で周史に話してしまえば、それがうまくいかなかったときに落胆《らくたん》してしまう。だから秘密裏《り》に進めていたのだろう。

「とはいえ俺の場合、行動の起点にあるのは『だってこのままずっと恋人と離れていたくないから！』って気持ちだし……そこに引っかかる仕事仲間もいたけど、最後は、それまでのがんばりと実績で納得してもらえた。それに『結婚してできた家族と離れて暮らすのなんか平気だろ』とは誰も言わない」

ここまで聞いた内容で唯一とてつもないひっかかりを覚え、周史はぴくっと反応した。

『結婚してできた家族』を引き合いに出して、それは誰を指しているのか。

周史はごくんと唾《つば》を呑み、「えっと……」と困惑しながら俯《うつむ》いた。

「同性だから法律的に婚姻《こんいん》届けは出せないけど、俺はチカちゃんと同棲《どうせい》するなら、それってもう、つまり、結婚みたいなものかなと」

「けっ……？」

「だからチカちゃんに最初『泊めてくんない？』って言ったときみたいな軽い気持ちでもないし、二週間のバカンスでもないし、居候気分でもなくて、ちゃんと家族って気持ちで、ここに来たいと思ってる。チカちゃんにとっての生涯の伴侶《はんりょ》みたいな人に、俺はなりたい」

びっくりしすぎて頭が真っ白だ。今日そんな話をされるなんて露《つゆ》ほども思っていなかった。

口を半開きで茫然としていると、高哉が「だいじょうぶ？」と窺《うかが》ってきて、周史は無言のまうなずいた。うなずいたけれど夢見心地で、『結婚みたいなもの』『生涯の伴侶』という言葉の意味をなかなか実感できない。

「チカちゃんが戸惑うのも分かるよ。あと、やっぱり……男同士で住んでいれば、周りの人はどう思うかなって部分もひっかかる。その辺のこともあるし、答えは今すぐじゃなくてもいい。

でもひとりで悩んで答えを出してってことじゃないよ。どうするのがいちばんいいのか、これからは何かに迷ったり困ったりしたら、俺と一緒に考えよう?」

悩んだり迷ったりすることを、これからはひとりじゃなくて、高哉に打ち明けたり相談したりして一緒に決めるんだ——……そんな人生を共にする相手と、これからは生きていける。

「……なんか、あり得ないくらい、しあわせなこと言われてる……けど……」

こんなにしあわせでいいのかなと思うほどだ。

でも周史が失うものは何もない代わりに、高哉ばかり割を食うのではないだろうか。

「高哉は僕に……『東京に戻って、東京で暮らす気はないの』って、今まで一度も訊かなかったね」

高哉の仕事の拠点は東京なのだから、彼がそれを周史に望むというかたちだってあったはずだ。

すると高哉は「え?」と目を瞬かせた。

「あぁ……、まぁ、そう言われれば……だけど、俺はチカちゃんが花房で暮らし始めた理由を知ってるし、チカちゃんに『東京に戻れないか』って訊く気はまったくなかったなぁ。だって俺がどうしてもチカちゃんと一緒に暮らしたいと思ったんだし、あとは行動あるのみで」

なんてことないようにそう説明する高哉に、周史は胸の奥をきゅっと摑まれた。

高哉と出会ってから、周史の世界がどんどん明るく彩《いろど》られていく。

あのとき「チカちゃんはほんの少し思いきって、ぽんって踏み出せば、今よりずっと世界が広がるよ」と彼は言っていた。高哉は予言者のように告げるだけじゃなく、周史を実際にその世界へ手を引いて連れ出してくれる。

「……今すぐじゃなくてもいいって……それって、いつからできるの？」

三年後にかないそうな話を、仮定として提案されているのではないだろうか。

「あしたからってわけにはいかないけど……んー、でも東京に戻って、すぐ動けば……四月とか、五月とか……？」

「来月じゃん！」

高哉はのんきに「来月だね」と笑っている。

「家を引き払うのに、引っ越しのほうがどうかな。これから引っ越しシーズンだし。あとは移住するのに必要な手続きとか、さすがに何も把握《はあく》してない。でも、今自宅と会社で仕事してるのを、花房と会社でやるっていう、俺の仕事場が変わるだけだから」

「……ほんとにできるの？」

「できるよ」

軽く断言され、周史はなんだかおかしくなってきて笑った。

「まじで？　ほんとに？　すごいんだけど……こんなすごいことある？　ほんとに……？」

これからもずっとこの花房で、ひとりで生きていくつもりだった。そこに仔犬を飼って、護るべき大切な家族ができた。こういうしあわせもあったのかと浸る一方で、ひとりの寂しさとずっと伴走して生きていくという、そんな自分の運命を受け入れるしかないと思っていた。

「僕と……一緒に、高哉もここで……？」

「うん。チカちゃんと、リリと、花房で暮らしたい。一緒に生きていこう」

高哉の言葉が、周史の胸に響く。あたたかくしてくれる。

これからはひとりじゃないんだと、周史は深く実感した。

「すごいよ……うれしい」

笑っているのに目の奥が熱くなって、急に涙がぶわっと溢《あふ》れてくる。

するとテーブルの角を挟《はさ》んで座っていた高哉が、周史の傍に来て寄り添った。

そっと抱き寄せられて、高哉の胸に顔を埋める。

「いきなりこんな重たい話して、びっくりするよな？　ごめんな」

「いや、重いなんて、思ってない。なんか、そんなことあり得なさすぎて、僕は考えたこともなかっただけで……」

「チカちゃんとずっと、毎日一緒にいられる。あ、リリちゃんもな」

最後につけ加えられたリリは、いつの間にかケージの中のふわふわクッションの上で眠っている。ふたりともそれに気付いて、抱きあったまま笑った。

「……うれしい……。僕も、高哉といつも一緒にいられたら、しあわせだ」

驚いたけれど、笑ったらますます実感が湧いてきた。

恋人が、この花房で、ずっと一緒にいたいと言ってくれている——考えもしなかったほどのしあわせに胸が熱く沸いて、周史はうれしさのあまりにぎゅっと目をつむった。この胸の昂りから弾ける煌《きら》めきを逃したくなくて、身の内に閉じ込めておきたい気持ちになったのだ。

「乗り越えなきゃならないことだって、きっと出てくると思うけど……。チカちゃんとのしあわせのために、俺ができることをしたいんだ」

周史が想っている以上に、高哉がもっとずっと先の将来まで見据《みす》えて、ふたりのことを考えてくれていたのが伝わる。

感激の嵐の中で、周史は「うん」とうなずいた。

「花房に移住する前に、うちの両親には話すよ。心配しなくていい。びっくりはするだろうけど、分かってくれると思う。あとは、チカちゃんのご両親のことなんだけど……」

すっかり頭から抜け落ちていた部分に、高哉が踏み込んでくる。

「チカちゃんは、まだご両親に何も話してないよな」

自分がゲイだということを、両親にも隠してきた。ひとりで花房へ移住した理由も曖昧《あいまい》にし、わがままと自由を許してもらっている。

「それは俺も、だけど。でも花房に引っ越すなら、本当のことをちゃんと話したほうがいいのかなって。チカちゃんの親からすると、俺はチカちゃんちに転がり込む得体の知れない、いい

年した三十男だ。変に隠すのは逆によくないかなって思ってる。でも、これは俺の考えだし、チカちゃんとご両親の問題だから。俺はいつでも会って話す覚悟はできてる。チカちゃんもそのことは頭に置いておいて」

周史は高哉の胸で、こくっとうなずいた。

ずっと両親に話すつもりがないままこの歳になり、花房で暮らして、事実に蓋をして生きていくのだろうと思っていた。なんとなくそう思うだけで、真剣に考えることすら、していなかった。でも、自分ひとりで育って大人になったわけでもないし、両親が周史の勝手を認めてくれたから、離れて暮らしていても良好な関係でいられるのだ。

両親は自分より先に年老いていく。何かあったとき、どうしようもなくなってから謎《なぞ》の男を両親に紹介するというシチュエーションは、想像するだけで胸が痛い。

「今日いっぺんに答えを決めなくてもいいよ。ゆっくり行こう」

周史は高哉の胸元から離れ、まっすぐに彼を見つめた。

高哉はおだやかな笑みを浮かべ、周史の言葉を待っている。

「僕のことだけじゃなくて、僕と両親のことも考えてくれてたの、うれしい。僕ひとりだと、逃げちゃいそうだけど……高哉がいてくれるから、きっとだいじょうぶだって思える」

すると高哉はにこりとほほえんだ。

「周囲に言いふらす必要はないけど、チカちゃんのことを大切に想ってくれている人なら、たとえ時間はかかっても、話せば分かってくれると思うんだ。大切だからこそ、その人にとってのしあわせが何かって考えてくれるって……そう信じたい。チカちゃんの大切な人の目を見て挨拶できるように、俺も誠実でいたい」

どこまでもまっすぐな告白に、周史は感激で胸が震えた。

「高哉と一緒にここで暮らせたら、こんなにしあわせなことはないよ。これからも、よろしくお願いします」

つたない周史の挨拶に高哉は満面の笑みを浮かべたあと、「ああ……」と安堵のため息とともに周史を抱きしめて畳《たたみ》に倒れ込んだ。

「た、高哉?」

「出掛けに准が『プロポーズがんばれよ』って送り出すんだもんよー。俺は『花房で一緒に暮らしたい』って伝えに行くぞって『同棲の申し込み』のつもりだったんだけど、たしかに言われてみればそれってプロポーズじゃん! って」

「……プロポーズ……」

高哉にその言葉を出されるまで、周史は思い浮かびもしなかったから唖然《あぜん》とする。

「あ、気持ちはもちろんそれと同じくらい真剣なんだよ? 結婚と同じだって思ってるし。ただ心構えの問題っつーか、俺がしようとしてるのはプロポーズなのか……っていう、そのワードに結びついたときの戸惑い? そんなん、しようと考えたこともなかったからさぁ」

「それを聞いた僕も『これってプロポーズだったんだ！』って驚いてる」

周史の首元に顔を埋めたまま打ち明けてくれたエピソードと、自分の反応が高哉と同じなのもおかしくて笑ってしまう。

「プロポーズだったらスーツでキメて指輪とか用意しなきゃならなかったのかなぁ……とかも う、気付いたときには何も間に合ってないっていうね」

「だいじなのは、そんな部分じゃないよ。僕はもう充分。引っ越しとか、リモートワークの環境整えたりしなくちゃいけないし、本当に必要なことをやるほうがだいじ」

ふたりは畳に転がったまま、互いをぎゅっと抱きしめ合った。

文字だけでも画面越しでもなく、やっぱりこうして直接ぬくもりを感じたい。あと少したりていなかった隙間もすべて塞《ふさ》がれて、ぴったりと満たされる心地だ。

「早く高哉と一緒に暮らしたい」

「うん」

夢でもなく、遠い未来の話でもなく、それがもうすぐかなうなんて。

高哉に髪をなでられ、くちづけられて、周史は彼の首筋に腕を巻きつけた。

東京から荷物を運んでくれたトラックに向かって頭を下げて見送り、周史《ちかし》と高哉《たかや》は同時に大きな安堵のため息をついた。

四月下旬の大型連休直前となる金曜日。高哉が東京から花房へ引っ越してきた。

「たいして荷物はないと思ってたけどな」

「けっこうあったね」

白物家電は東京の知り合いなど「欲しい」という人に引き取ってもらったが、仕事に関係する雑誌や書籍、映画等のディスク、パソコン一式、作業机、さらにはベッドも運んだために、なかなかの量になったようだ。

「ベッドはいいやつで気に入ってたから、こっちで買い直すのもなーと」

「うち完全に日本家屋《かおく》だから、ベッド置いたら逆におしゃれってくらいに、ちょっとリノべっていうか、なんかいいかんじにしたいね」

「あ、いいね。DIY的な?」

「布とかペンキとか買ってきて、和モダンなかんじにしちゃうとか。５ＤＫを、休みの日だけ少しずつ手を加えてく？　高哉はＤＩＹ得意？」

「やったことないけど」

「ないんか！　『ＤＩＹ』なんて言うからてっきり」

「『リノベ』なんて吹いたチカちゃんこそどうなん？」

「高哉ができるんだろうなって。できそうな顔してるし」

お互いに顔を見合わせて「ぶーっ」と笑った。

「やばい。どっちも頼りないのに『ＤＩＹ』だの『リノベ』だの」

「ネット見ればどうにかなるって。壁紙とか床材の張り替えも、ＹｏｕＴｕｂｅに動画が上がってるだろ、だいじょうぶだって」

「まぁたしかに。おもしろいかもね」

ふたりで「いいね」と言いながら縁側から部屋に入ると、リリがケージの中で「遊んで！」というようにぴょんぴょん跳ねている。

「あ、リリ、ごめん。引っ越しのお荷物を入れる間は危なかったからさ。もう出してあげるよ」

ケージを開けてやると、リリは「わーい」というように飛び出してきて、知らない匂いがたくさんついている引っ越しの荷物をくんくん嗅《か》いでチェックしている。

「えーっと……これどこからやる？」

居間と縁側にまで所狭しと置かれた段ボール群を見渡して、ふたりはうなった。

「どこからやろうか。とりあえず、寝室と仕事部屋はどこにしよう。チカちゃんは居間で仕事するの？」

「うん、今までどおり。ベッドは居間の隣かな？　リモート会議も想定すれば生活音が邪魔になるから、高哉の仕事部屋は少しでも離したほうがいいかなと思ってる」

独り暮らしで使っていたのは5ＤＫのうち2ＤＫ分だったので、部屋が余っている状態だ。周史は高哉の仕事部屋候補として提案するべく、ベッドを置く寝室の、さらにその隣の部屋へ案内した。

「こっちは六畳。キッチンに近いのが難点。日当たりはちょい暗い。でも窓から緑がふんだんに見えるし、人や車が通ることはない。集中するには持ってこいかも」

続いて居間を出て、廊下を挟んだ先にある部屋へ。

「ここも六畳。廊下を挟んでるし生活音がいっさい届かないけど、玄関が近い。西日ががんがん当たる。ずっと明るい」

「西日が入る部屋ってけっきょくカーテン閉めちゃって暗くなるし暑いよな……」

「そうなんです。だから僕は使ってない。梅雨時《つゆどき》は洗濯物《せんたくもの》干し場と化しております」

最後のひと部屋は西日ガンガンの隣。さらに風呂場・脱衣所のすぐ横になる。

「水回りが集中してるからちょっと湿気が多いかな。トイレ、風呂の水音が響きます。ここも六畳だけど、収納スペースが広い。日当たり普通」

「一長一短……！」

高哉は「うーん」と唸《うな》りながら居間へ戻ると、ぽんと手を打った。

「こっちがいいかな。台所の横。俺、チカちゃんが炊事《すいじ》してる音は好きだよ」

もう一度、最初に案内した部屋にふたりで戻る。

「仕事の邪魔にならない？」

「だいじょうぶ。なんか廊下隔《へだ》てたあっちの部屋だと、チカちゃんと遠くなるかんじもちょっと寂しい」

昨日まで東京にいた人が、同じ家の中にいるのに「寂しい」なんて。

周史が笑うと高哉が「なんだよ」とくちびるを尖《とが》らせる。

「いや……かわいいなって思って」

「三十のおっさんが？」

「あ、だから……んー……いとしいなってこと。顔は別に、かわいくは、ない」

すると高哉が顔をしかめたまま近付いてきて、周史は壁際に追い込まれた。

「か、かわいくはないけど、かっこいいですっ」

「チカちゃんはかわいい」

そのままくちづけられ、抱きしめられる。周史も高哉の背中に手を伸ばした。

これからここでふたりの生活が始まるんだ——そう思うと、胸がきゅうっと絞られる。

くちびるをやさしく吸われ、周史も舌をこすりあわせ、絡ませて応《こた》えた。口の中を愛撫するようなくちづけが続いて、息が上がってくる。

「高哉……」

首筋を嬲られながらTシャツの上から乳首にいたずらされて、周史は身を竦《すく》めた。

「休憩」

高哉はそう言いながら、腰やら尻やらまさぐってくる手をとめない。

「きゅ、休憩?」

「引っ越しの休憩」

「これっ……休憩にならないっ……」

手のひらで下の膨らみを包み込まれ、やわく揉まれて、だんだんそこが硬くなってくる。

「に、荷物とか、届くかもだし」

「荷物?」

「通販の。今日届くから」

「時間指定は?」

「……十四時から十六時」

少し息が上がった状態で答えると、高哉が「あと一時間くらいある」なんてにんまり笑って返してきた。

「あと一時間、いちゃいちゃしよう?」

「……い、挿れたらだめだよ」

「うん」

開けた窓から心地よい風がさあっと吹き込んでくる。

「この部屋……風が気持ちいいね」

畳に抱きあったまま寝転がって、互いの身体をさわりあう。

くちづけて、目が合ったらほほえんで、ふたたびぎゅっと抱きしめて。昼下がりに、恋人とまったりとしあわせな時間を過ごす。

「ぁ……ん……」

乳首を舌でくすぐられ、ペニスを扱《しご》かれると、なんだか気が遠のくほど気持ちいい。

「チカちゃん……」

周史も同じように彼をよくしてあげたい気持ちになり、高哉のパンツのウエストを引っ張って、中に手を忍ばせた。くちづけを交わしながら、昂りをなぐさめあう。

下衣を太もものの辺りまで下げ、ふたりの腰を合わせてひとまとめに重ねて手淫した。

「ん……チカちゃんのと、こすれるの……気持ちいいな」

「……はじめてするね……これ……、……っ……はぁっ……」

ネットで『兜合わせ《かぶと》』という文字を見たときは「なるほどね」と感心しただけだったが、こんなに気持ちいいなんて。剝きだしの粘膜同士がこすれて、挿入する濃厚なセックスとはまた違う快感を覚えた。

「……なんか……今日、めちゃめちゃきもちくない？」

「……ん……きもちい……、はぁ、あ……、イきそ……」

高哉に片手で肩を抱き寄せられ、互いに腰をこすりつけあう。

「高哉っ……、先っぽ、くっつけたい」

雁首《かりくび》の粘膜同士がこすれるのが、たまらなくいい。

「……っ……これ、やばいな……イく……」

「あ……んん、っ……！」

鈴口《すずぐち》を合わせて同時に極まった。ふたつの白濁《はくだく》が手の中で混ざり合う。

射精の快感にふたりして喉をひくひくとさせ、すべて出しきったところで視線が絡んだ。

とろとろとした精液を、畳にこぼしたらたいへんだ。それが分かっているから、ふたりともそこは至極冷静に、手でしっかりキャッチしている。周史も高哉もそれに気付いて笑った。

この部屋にティッシュなんてまだ置いていないから、高哉が持っていたタオルで精液を拭《ぬぐ》う。

「気持ちよかった」

「……うん」

見つめあって、くちづけあって、その繰り返し。

「周史……」

「……え？」

急に呼び捨てされたからびっくりする。

「ずっと『チカちゃん』でもいいけど、呼び方変えたいな」

高哉がにこっと笑った。

チカちゃんなんて呼び方をするのは高哉だけだったし、それはそれでよかったのだが。

「恋人で、今日から家族になったから。名前で呼びたいなーってずっと思ってたんだけど、切り替えのタイミングが分かんなくて」

「……うん……」

「周史」

「……はい」

高哉にそっと抱きしめられて、周史も同じ強さを手のひらにこめた。


時間指定をしておいた宅配便は、累人《るいと》が届けてくれた。受け取りに出たのは高哉だ。

玄関のほうから「あれっ？」という累人の声が聞こえる。周史も洗い物をしていた手を拭《ふ》いて、急いで玄関へ駆けつけた。

「ち、周史、この方は、あの方……」

そういえば累人には高哉について、「東京からのお客さん」という名前ナシの紹介を去年したきりだ。

「あ、えーっと、累人に報告してなかったけど、今日からここで、彼と一緒に住むことになって……」

「えっ⁉」

累人はぽかんとしている。これまでなんの報告もしていなかったのだから当然だ。

なんとなく言いづらいし、説明しにくいしでけっきょく話すのがのびのびになって、こんな鉢合《はちあ》わせみたいな紹介になったのが申し訳ない。

「井堰《いぜき》高哉さん、東京でCMプランナーをしてる方、です……」

高哉の「どうも、井堰です」の明るい挨拶に、累人が困惑しつつも「久保《くぼ》累人といいます」と返している。それから累人は周史と高哉を順に見て「あ、お仕事の関係で……?」と、この状況をなんとか理解しようとしているようだ。仕事関係の人だと誤解させたままだから、累人がそう質問するのも当然だった。

「いえ、仕事はぜんぜん関係なくて」

高哉の返しに、累人はますますどう反応したらいいのか困っている。

親類や親しい友人でもなく仕事がぜんぜん関係ないなら、いったいどういう関係なのか。

「あのっ、累人……、誰にも言わないでほしいんだけど」

周史が突然前に出ると、累人は「え、あ？　え？」と目を瞬かせている。

「誰にも言わないでほしいんだ……」

周史がもう一度繰り返し、声が消えかかったので、累人が慌てたように「うん、うん、分かった。誰にも言わない」と先に約束してくれた。累人はそのあとも何度もうなずいて、その強い意思を示そうとしてくれている。

「俺は周史のこと、だいじな友だちだと思ってるよ。東京から花房《はなぶさ》に来て、暮らし慣れない土地なのに、みんなとうまくやっていきたいって思ってくれてるのも伝わってる。桑田《くわた》のじいちゃんやばあちゃんもみんな、周史のこと大好きだし。だから周史が困るようなこと、俺はぜったいしないから」

「ご、ごめん、今まで言えなくて」

みんなやさしいのに、信じていいのか分からなくて、怖かった。

背後から高哉が周史の手を取って、ひとりじゃないからだいじょうぶ、というようにうなずき、最後の勇気をくれる。

「いや、えと、何を謝ってるのかな？　ちょっと分かんないんだけども。なんだよ周史、泣きそうじゃん、どうした」

花房でできた大切な友だちに、自分は恋をしてしあわせだということを伝えたいと、はじめて思えた。

「こ、この人と、一緒に住む」

「うん、それは分かったから」

「……っ、恋人なんだ。僕の大切な人で、今日からここで一緒に暮らす」

ひと息に告げると、累人はぱちぱちと瞬いて、高哉のほうに目を遣《や》っている。

「う、ううううん、まぁ、そうだろうな、この流れからして。そうじゃないと逆に怖い。東京の男にじつは脅《おど》されてんのかとか、悪いことさせられてんのかとか、いらん心配が過《よ》ぎったぞ、もうっ、びっくりさすなっ」

ぺちんとおでこをはたかれて、周史は涙目で笑った。

累人もほっと笑みを浮かべ、納得したようにうなずいている。

「でも……そうだよな……勇気がいるよな。いきなり知ってびっくりはしたけど、そんな簡単に話せることじゃないよな……分かるよ。うん。話してくれてありがとう。他の人には話さなくていいけど、俺ひとりくらいは知ってたほうが、なんかあったときに助けてやれるし」

心強い累人の言葉に感激して、周史は言葉にならずにただただ何度もうなずいた。

自分のことを「人にバレてはいけないくらい、これは悪いことなんだ」と思って生きてきたから、話すのが怖かったけれど、実際はこんなにも人はやさしい。でもこうして友だちに打ち明ける勇気をくれたのは高哉で、彼がいるから踏み出せたと思う。

——ひとりじゃない、もう怖くない。

「これからわたしも花房でお世話になります。よろしくお願いします」

高哉の丁寧な挨拶に、累人も笑顔で返している。

「あ、あの、累人……、今度、うちでごはんとかどうかな。来てくれる？」

一度も家の中に入ってもらったことがないけれど、もう一歩、踏み出したい気持ちだ。

「えええっ、行く！　てか、いいの？　俺は今晩でもいいくらいだよ！」

「今晩でもいいなら」

高哉も「今晩でもいいなら、ぜひ」と繰り返す。

「えっ、ほんとに？　俺マジで来るよ？　仕事上がりだから、今日は二十時くらいかな。マジでいいの？」

「何食べたい？」

周史がリクエストを募ると累人は「うーん」とうなって、にやっと笑った。

「桑田さんとこのキムチ使ったキムチ鍋」

びしっと指を立てて、累人はキメ顔だ。

「よりによってこの時季に？　相当暑いよ？」

「暑いからこそのキムチ鍋だよ。そちらの井堰さんが、周史の家のこたつに寝っ転がっているという衝撃のシーンが、俺の頭に焼きついてんだよ。俺はその瞬間『この人、ただ者じゃないな』って思った。そのときキムチ鍋だったろ。俺は忘れない」

キムチ鍋をリクエストするに至った経緯を熱弁され、周史は「うん、分かった、じゃあキムチ鍋にする」とうなずいた。

とりあえず引っ越しの荷物はなんとか部屋に収め、そこから先の整理整頓《せいとん》はまたあした。夜に累人が来るから、鍋の準備をしなければならない。

「桑田さん、厚かましくてごめんなさい〜!」

「うちのキムチ欲しいなんて言ってくれんの、累人くんと周史くんくらいだよ〜。息子たちもそんなに食べないからなぁ」

桑田のおじいちゃんはうれしそうに、とてもキムチ鍋だけでは食べきれない量のキムチが詰まったガラスボウルを周史に手渡してくれた。桑田さんに「キムチ鍋を作りたいのでキムチを分けてください」とお願いしたのだ。

「あの、お礼にならないんだけど、これよかったら……」

キムチをいただく代わりに、周史が作ったビン詰めのピクルスを桑田のおばあちゃんに差し出す。

「周史くんのピクルス！　うちのみんな好きよ〜。これぜんぶいいの？」

するとと居間から顔を出した息子さんとそのお嫁さんが「周史くん、ありがと」「さっそく酒のおつまみにいただくから」と声をかけてくれた。

今度は背後にいた高哉が「こんばんは」と挨拶で顔を出す。

「あれっ、井堰さんじゃないの」

「今回は遊びに来たんじゃなくて、彼の家に引っ越してきました。これ、東京から持参した引っ越し蕎麦《そば》です」

「引っ越してきたっ？」

急なお知らせに、桑田家のみんなもわっと驚いた。


桑田家には引っ越しについて「環境がいいこちらで、仕事をすることにしました」とだけ高哉が説明しておいた。

「そのうち、なんとなく察するかもしれないけどね」

高哉の横で、周史はうなずいた。

「言わないやさしさもあるかなって……思う」

「周史のご両親が有名芸能人だってことは知られてないんだし、万が一この辺りの人たちにご両親のことを含めていろいろ知られたとしても、『こっちのことは気にしなくていい』って言ってもらってるしさ。怖がって隠すことに懸命にならず、自然にしてたらいいと思う」

台所で高哉とそんな話をしながら、キムチ鍋の準備を進める。

引っ越しの前に、高哉は周史の両親に会ってくれた。そのときに、周史が花房にひとり身を隠すように暮らし始めた意味も伝えたのだ。

母親は「やっと話してくれた」とほほえんだ。なんとなく周史の性的指向に気付いていたけれど、面と向かって「あなた男の人が好きなの？」とは訊けないし、周史のほうから話せない気持ちも察してくれていたのだ。

芸能人の子どもであることのリスクと責任を小さな頃から説《と》き、そのせいで萎縮《いしゅく》させてしまった結果だと詫《わ》びる両親の姿を見て、周史は胸が痛んだ。それは両親が周史を護るためでもあって、詫びてもらう必要のないことだ。

でもこうして話し合わなければ、周史の足を縛《しば》っていた枷《かせ》は取れなかっただろうと思う。両親と分かり合えるきっかけをくれたのは、「挨拶に行こう」と言ってくれた高哉だった。

「ほんの少し思いきって、ぽんって踏み出せば、今よりずっと世界が広がる……出会ったとき、高哉が言ってくれたの本当だった」

「……うん。俺も、毎日がそんな気持ち」

見つめあってほほえむと、高哉がやさしくくちづけてくれる。

高哉も彼の両親に、花房への移住の件と併《あわ》せて周史との関係も報告したとのことだった。ここでの生活が落ち着いたら、ちゃんとふたりで挨拶に行く予定だ。

「このピクルス、つまんでいい？」

「うずらをいっぱい漬けておいた」

「チカちゃんが作ってくれるの、今まで食べたどのピクルスよりうまい」

「褒めすぎ」

笑いながら鍋に具材を入れていく。桑田さんにいただいた白菜キムチも、強烈な匂いを放っている。

「おお～、この匂いがたまらんよね」

リリが足もとに座り見上げてくるので、手が放せない周史の代わりに高哉が抱っこした。

「こんなかわいい犬もはじめて見たよ～。リリはかわいいな～。こんどかわいいお洋服買いに行こうな～？　リリ～」

高哉はまるで孫を愛《め》でるおじいちゃんみたいになっている。そのでれでれぶりを笑っていたら、玄関のチャイムが鳴った。

「あ、もう二十時だね。累人だと思う」

「俺が出るよ」

応対を任せて、周史は鍋用のガスコンロに鍋をセットし、ガスを確認して点火する。

あしたも仕事のはずの累人にはノンアルコールビール、他にも炭酸系の飲み物やアルコール類も冷やしておいたし、キムチ鍋を迎え撃つ準備は万端だ。

累人が「おっつー」と居間に顔を出し、「あした休みにしてもらった！」と悪い顔をして焼酎《しょうちゅう》と日本酒の一升瓶《いっしょうびん》を両手に掲《かか》げていたから、周史はぶはっと笑った。

「どんだけ飲むつもり〜？」

「潰《つぶ》れたりせずにちゃんと帰るって。今日はいちおうほら、お祝いな」

やさしい友だちの気遣いが、心の底からあたたかい。

高哉が「累人くん、日本酒飲めるの？」と訊くと累人は「いや、俺は飲めません。焼酎も割ってしか飲めません」とまじめに答えている。

「一升瓶二本持参のやる気と、本人のアルコール分解能力が合ってない」

「でも、今日は俺も飲みますよ！　ソーダ割りで！」

三人の笑い声が思いのほかうるさかったのか、リリが「きゃん」とかわいく吠《ほ》えた。

あとがき

AFTERWORD……………………

―川琴ゆい華―

こんにちは。ディアプラス文庫さんでは四冊目『ペットと恋はできません』、お楽しみいただけましたか？　タイトルから「ファンタジーかな？」と思われる方もいたようですが、そう期待されていたらすみません。今作もいつものかんじです。

このお話の前半は二〇一九年発売の雑誌に掲載していただいたもの、後半は書き下ろしです。いつものとはいえ、今回は『肉体関係から始まるBL！』です。こう書くと今度は「いかがわしいペット？」とまた別の誤解を生みそうですね。

拙作《せっさく》の傾向として、ふたりの関係がゆっくり変化していくお話が多いのですが、今作はトップスピードで入って急ブレーキを踏んでみました。でも全体をとおすと、とてもゆっくり、やさしく、ふたりの関係が進展していくお話を書きたかったので、そんなふうに感じていただけてたらいいなと思います。

また、前半はセピア色のフィルターがうっすらかかったような映像、後半にかけて明るいカラーに変化した印象になるように書いたつもりです。これもなんとなく伝わってたらいいな。

さて、世の中が新型コロナウイルスに翻弄《ほんろう》され、今もまだ収束《しゅうそく》していませんが、この文庫は前半＝コロナ以前、後半＝コロナ以降、と跨《また》いで書いたものです。文庫の書き下ろしについて担当さんとお話するまで後半をどう書くかは見えていなかったので、「このふたりはどうなるんだろう？　はたして後半にもペットは出てくるんだろうか」と漠然としていました。

今の状況でなかったら、後半の書き方が少し違っていたかもしれません。

小説の世界はまるでパラレルワールドのように平穏に進んでいますし、わたしが後半に書きたかったのは『遠距離恋愛』であって、時勢を反映させる意図はなかったのですが、主人公たちがビデオ通話するシーンや、『リモート』というワードが何度も出てきましたね。

自分の意識からどうしても現実を切り離せなかったのか、遠距離恋愛を描いたゆえのただの偶然なのか分かりませんが、読者様には感じたままに受け取っていただけたら幸いです。

いつ終わるともしれませんが、現状をあきらめるのではなく受け入れて、穏やかな気持ちですごしながら今後も小説を書いていきたいなぁと思っています。

今回、かわいいイラストをつけてくださった陵《みささぎ》クミコ先生。いつか陵先生と……という夢を叶《かな》えていただきました！　うれしい！　お引き受けいただきありがとうございました。陵先生のかわいらしくて上品で、やさしさ溢《あふ》れるイラストが大好きです。

カバーイラストの候補を出していただいたのですが、かわいくて選べませんでした。どっちになったんだろう〜。公式さんの書影解禁＝読者様と一緒のタイミングでわたしも知りたいとお願いしたので、とても楽しみです。

担当様。もしも担当さんがいなかったら……と考えると震えます。舵取《かじと》り不在だと、きっととんでもないことになります！　いつもありがとうございます。お世話をおかけしてばかりですが、今後ともどうぞよろしくお願いします。

最後に読者様。雑誌掲載時に、アンケハガキやお手紙等でご感想を頂戴しました。その節はありがとうございました。後半の『遠距離恋愛』は前々から書いてみたい題材で、わたしとしても挑戦だったので、どうだったかな〜と、とても反応が気になります。
文庫で初読みの読者様も、お手紙やSNS等でご感想をお寄せいただけたらうれしいです！　リプにはお返事させていただき、『#川琴《かわこと》ゆい華《か》』のタグ付きツイートはうきうきしながら拝見&絡みたい気持ちをぐっと抑えつつRTしております。
今作もどうぞよろしくお願いします。

二〇二一年、一刻も早く世界に平穏が戻りますように。
またこうして、皆様とお会いできますように。

この本を読んでのご意見、ご感想などをお寄せください。
川琴ゆい華先生・陵クミコ先生へのはげましのおたよりもお待ちしております。

〒113-0024　東京都文京区西片2-19-18　新書館
[編集部へのご意見・ご感想] ディアプラス編集部「ペットと恋はできません」係
[先生方へのおたより] ディアプラス編集部気付　○○先生

- 初出 -
ペットと恋はできません：小説ディアプラス2020年フユ号（Vol.76）
じょうずな恋はできません：書き下ろし

[ペットとこいはできません]
ペットと恋はできません

著者：**川琴ゆい華** かわこと・ゆいか

初版発行：2021年1月25日

発行所：株式会社 新書館
[編集] 〒113-0024
東京都文京区西片2-19-18　電話（03）3811-2631
[営業] 〒174-0043
東京都板橋区坂下1-22-14　電話（03）5970-3840
[URL] https://www.shinshokan.co.jp/

印刷・製本：株式会社 光邦

ISBN978-4-403-52523-0